Títol
Dominant a Susan
Primera part
(Dominació Eròtica)
per
Erika Sanders
sèrie
Dominant a Susan Vol. 1 a 5

Sinopsi

Susan, després d'acabar la universitat va cap al seu primer treball, una ocupació proporcionat per un amic de la família, Robert, que sempre ha tingut un especial desig cap a la filla del seu amic.

Aquest desig especial és aconseguir que Susan estigui sota la seva dominació ...

Aquesta publicació conté una sèrie de fort contingut eròtic BDSM, on relat les aventures de Susan en la seva faceta de submissió.

Novel·les d'alt contingut BDSM romàntic i eròtic.

Conté els següents volums:

1 - El nou treball

2 - Les regles

3 - Joguina nou

4 - L'habitació de càstigs

5 - Reunió amb els amos

Nota sobre l'autora:

Erika Sanders és una coneguda escriptora a nivell internacional, traduïda a més de vint idiomes, que signa els seus escrits més eròtics, allunyats de la seva prosa habitual, amb el seu nom de soltera.

índex:

DOMINANT A SUSAN
PRIMERA PART
(DOMINACIÓ ERÒTICA)
PER
ERIKA SANDERS

PRÒLEG

Robert és un madur home de negocis reeixit, casat i amb un fill de la mateixa edat que Susan.

Les seves famílies han estat amics propers durant molts anys i ell l'havia vist convertir-se en una jove encantadora.

Ell sempre havia mostrat una amistat oberta cap a la noia i, al llarg dels anys, l'havia fet conscient de la seva afició per ella.

En secret, la seva relació amistosa i el seu afecte per la noia ocultaven els seus molts desitjos foscos, sense cap oportunitat de fer-los realitat.

La seva submissió total cap a ell era l'únic somni, en els seus pensaments més foscos i que desitjava que es fessin realitat.

Susan és una noia, recentment graduada, amb un títol en negocis a la mà i ansiosa per experimentar el món.

A punt de començar el seu primer treball real, un lloc ofert per Robert, amic de la família, per respecte al seu pare i reconeixement de les seves habilitats.

Però també, sense que ella ho sabés, alimentat pel seu desig de posseir-la.

Ella és una noia agradable, sensual però dolça que ha tingut el mateix nuvi, Peter, des del seu primer any d'universitat.

Són aventurers, però mai pertorben el seu món.

Ella sap el que vol, o creu que ho sap, però realment és bastant obedient deixant que altres la guïïn pels camins de la seva vida.

EL NOU TREBALL

S'atura davant de l'edifici, i els seus ulls contemplen la façana d'acer i vidre.

Observa a tots els homes i dones ben arreglats i precipitats entrar i sortir de l'entrada.

Mira el seu propi vestit de faldilla curta, reprèn el pas, i entra.

Se sent petita i una mica intimidada pels homes que s'eleven per sobre de la seva alçada d'un metre seixanta mentre puja a l'elevador i entra en el negoci del seu nou ocupador.

Mirant al seu voltant, el veu al taulell de recepció parlant amb una bomba de dona rossa i rient coquetamente, i el seu somriure il·luminant la cara mentre la gira cap a ella.

Ella es posa vermell sense saber per què i es mou cap a ell amb els talons fent clic a terra de rajoles.

El braç d'ell l'envolta protectoramente les seves espatlles mentre la presenta a la noia de l'escriptori.

"Anne, aquesta és la meva petita Susy!"

Ella es posa vermell, després es redreça i estén la seva mà.

"Hola, en realitat em dic Susan, gust en conèixer-te".

Ell la dirigeix amb la mà constant sobre la seva espatlla a diversos departaments ia altres executius.

La presenta com Susan, pel que està agraïda, i que vol posar els seus millors maneres en aquest món de gran rivalitat.

Ella roman a prop seu durant tot el matí intentant memoritzar una gran varietat de noms abans que finalment la porti a la seva suite d'oficina.

Ell la mostra l'escriptori a l'avantsala que serà seu la major part de el temps que ella estigui aquí.

Ella guarda la seva bossa i passa els dits suaument sobre els mobles ben triats.

És portada a la seva oficina on ell li assenyala amb la mà als opulents mobles foscos, tots de cuir i caoba.

"I aquí és on treball".

Deixant seu costat per primera vegada, ell se senti en el seu escriptori.

Ella se sent estranyament sola parada en aquesta gran oficina davant seu.

Prenent algunes claus, continua parlant:

"A l'esquerra, darrere de la saleta d'esbarjo, trobaràs una porta a una petita cuina. Aquesta sovint entreté als clients. La nevera de la barra ha de romandre proveït sempre amb el que apareix a la llista, ia més hi ha un menú . Has d'aprendre a cuinar tots els plats, en cas que el cuiner no estigui disponible. el posaré en el teu programa d'entrenament ".

S'havia mogut ràpidament darrere d'ella empenyent cap a la porta i obrint-.

Amb els ulls molt oberts i esglaiada per la grandària de la companyia i les oficines que posseïa, tot el que pot fer és assentir tontament.

"Això serà així."

"Sí, senyor", diu ell amb un somriure, però la severitat de la seva veu la sacseja.

"Sí, senyor". Ella respon automàticament.

Prenent de el braç, ell es mou fora de la cuina i la porta a una altra alcova amb la porta en la mateixa paret.

"I aquest és el meu bany privat, pots usar-lo, però només amb el meu permís, entens, Susy?"

Ella assenteix de nou sense paraules davant l'opulència d'aquest bany, recuperant-se quan el sent posar-se rígid, balbucejant:

"Sí, senyor".

Ell somriu davant la seva obediència.

"Utilitzarà el bany d'empleats al passadís si té necessitats i jo no sóc aquí"

Ella és més ràpida aquesta vegada.

"Sí, senyor".

A l'altre costat de l'habitació, dues alcoves similars amb portes que ell els mostra.

"Aquesta és una sala de reunions privada", ella mira ràpidament mentre ell la s'afanya "... i aquí és on descans si necessito passar la nit a la ciutat".

L'habitació estava fosca i s'entreveia un gran llit amb dosser i bancs estranys a la gran sala.

Tot just va tenir temps de percebre-abans que li tanqués la porta.

La porta de tornada al seu escriptori, encén l'ordinador i li mostra el servei de missatgeria personal des de la seva oficina al seu ordinador que sempre ha d'estar encesa i obert.

Content amb els "Sí senyor" apropiats en els moments correctes i la seva inclinació natural a ser servicial, la deixa a l'escriptori perquè es familiaritzi amb el seu nou entorn.

Ell posa a prova la seva atenció enviant-li petits missatges instantanis i es somriu davant les seves respostes immediates mentre ella llegeix les tasques i els diferents horaris que li van queixar en el seu escriptori.

L'OCUPACIÓ REAL

Ell va ser pacient i amable mentre ella es familiaritzava amb el seu nou treball dins de la seva companyia.

Parlava amb ella sovint a través de la pantalla de missatgeria instantània durant els moments en què no estava en reunions, o fora de l'empresa, preguntant sobre la seva família, amics, per com anaven les coses amb el seu xicot, fent sentir al seu vegada el seu afecte i interès genuí en la seva vida.

Durant les primeres setmanes, molt ocupades del seu entrenament, es va prendre el temps de consultar amb ella i ajustar-li l'horari si cal, convertint-se en el seu mentor, el seu amic i, de vegades, una figura paterna severa.

Feia broma amb ella, jugava i xerrava amigablement.

Les converses poc a poc es tornaven més íntimes a mesura que passava el temps.

Van jugar a veritat o repte, sovint, a través de l'ordinador, i en el joc les seves preguntes es van tornar més personals i directes.

Després es va aturar mentre llegia la seva última resposta.

Hi havia esperat que passés alguna cosa així, però mai va esperar realment que passés.

Aquí estava jugant a la veritat i aquí estava l'ocasió d'atrevir amb ella una altra vegada.

Ella sempre triava la veritat ... i acaba de confessar 01:00 nalgada del seu nuvi, i que li havia agradat.

Amb això, anava a començar a fer realitat el seu somni.

Sabia que probablement mai tornaria a jugar a això amb ell de nou, i gairebé va retrocedir, pensant que ella volia deixar de fer-ho, o pitjor encara, dir-li a algú de la companyia i després a la seva família.

No obstant això, havia de seguir endavant.

El seu desig sostingut per molt temps ho va conduir, i va començar a escriure.

Ella no havia triat atrevir-se, però ell va continuar escrivint ...

* * *

"Et repte a que em deixis azotarte, Susy".

Ella va fixar la vista, no podia creure el que estava llegint.

S'havia acostat a ell, l'adorava i la forma en que la cuidava i la feia sentir tan especial, gairebé com si fos el seu pare.

Potser estava fent broma amb ella una altra vegada, sense creure el que ella li havia explicat sobre la seva cita la nit anterior.

La seva ment va donar voltes a l'pensar en com s'havia sentit rebent una nalgada per part del seu nuvi i es va retorçar en el seu seient a l'adonar-se que necessitava respondre.

Va mirar fixament la pantalla, el quadre de missatge estava en blanc, de moment, esperant la seva resposta.

* * *

Ell va començar a espantar-se, però després va veure que ella estava escrivint.

El seu cor bategava ràpid, i es va espantar el pànic, abans que finalment veiés el que ella estava escrivint.

"Sí senyor."

Va teclejar ràpidament, empenyent a actuar a ella ia la seva sort:

"Llavors entra a la meva oficina i tanca la porta. Quan entris a la meva oficina obeiràs totes les meves ordres, jauràs sobre la meva falda sense parlar i et someteràs als meus natges".

* * *

Ella va parpellejar davant la seva resposta.

Aquest joc s'estava tornant seriós, però era només un joc, oi?

¿L'estava provant?

Hauria retrocedir?

Tots dos estaven nerviosos i tensos pels seus propis motius, enganxats a la pantalla de l'ordinador.

Ella no volia ser la primera a retrocedir i que ell es burlés d'ella.

Ella va escriure:

"Sí, senyor".

* * *

"Llavors vine a la meva oficina, Susy, i tanca la porta".

No hi va haver resposta, però ella va entrar ràpidament a la seva oficina i va tancar la porta com un conill espantada, incrèdul del que acabava d'acceptar, pensant que encara estava jugant amb ella.

Va seure aparentment impassible mentre el seu cos li feia mal per ella, a l'veure la seva por, la confusió i la calor en els seus ulls que la va fer continuar.

"El meu falda espera"

Ella va fer un pas endavant i ell va aixecar la mà, es va aturar a mig pas.

"Vas estar d'acord en obeir entrar en aquesta habitació, no?"

Visiblement tremolant, ella va xiuxiuejar:

"Sí, senyor".

Ell va assenyalar el terra, s'estava encoratjant, i va grunyir,

"Arrossega't cap a mi".

Va observar com veia les emocions jugar a la cara, reticència, por, por, emoció i finalment submissió.

Va deixar escapar l'alè que estava contenint mentre veia el començament del seu somni fer-se realitat, el seu petit cos caient de genolls i després a les seves mans mentre ella començava a gatejar cap a ell.

Va sentir que la seva polla s'agitava a l'veure-la.

Era seva finalment, encara que només fos per aquesta tarda.

* * *

No podia creure que estava fent això, aquest home que havia conegut tota la seva vida estava a punt de assotar realment.

El joc havia anat massa lluny, però per què no ho estava detenint?

Ella s'adona que ho volia!

Oh, Déu, ¿ella ho volia?

¿Hi havia alguna cosa malament amb ella?

Per què se sentia així?

Els seus ulls es van clavar en la seva forta cos en la seva gran cadira quan ella va aconseguir els seus peus i lliscant com una serp es va moure a la falda.

Sabia que estava malament, però no podia evitar-ho.

Sense paraules, sense discussió, sense acariciar per ser una bona noia, la mà es va estavellar contra el seu darrere amb força, i ella va xisclar.

* * *

Va mirar al el bell àngel que s'arrossegava cap a ell, la seva ment anant als llocs més foscos i havent de retrocedir, tan jove i impressionable que no s'adona de la seva vàlua.

Ell usava tota la seva força de voluntat per a romandre impassible mentre ella es llisca sobre la falda, segur que pot sentir aquesta duresa en el seu estómac mentre ell li aixeca la faldilla, revelant una tanga rosa, aixeca la mà i la colpeja amb totes les seves forces .

Si només per aquesta vegada la gaudís.

Observa com els seus músculs tensos s'ondulen sota l'atac i les petjades seva mà brillen en vermell sobre la seva pell blanca.

Ella crida i panteixa:

"Ohhhhh esoooo dueleeeeee".

Ella crida i retorça les seves cames patejant quan ell la castiga de nou profundament.

***

Perd el compte dels flagells mentre el dolor omple el seu petit cos i l'escalfa.

Es dóna compte de la calor que comença en el seu petit cony i la humitat en les seves cuixes mentre la assota.

Perduda en el seu calor i necessitat de cridar, petites llàgrimes solquen les seves galtes.

***

La seva mà s'adorm mentre la castiga amb força assaborint la tensió dels músculs durs, els seus crits i súpliques perquè deixi de assotar mentre pinta el seu petit cul d'un vermell brillant.

S'atura quan la veu mullada entre les cames, increïblement, el seu petit cos espasmòdic sobre la seva falda.

***

La seva ment es va tancar al poder d'aquest home mentre esbufega i crida.

Mentre ell continua azotándola amb força i ràpid, el seu cos es fa càrrec mentre la seva ment trontolla, sent la calor i la necessitat acumulada d'un nuvi massa inepte i perduda en la sensació que ella es corre, es posa dura i el seu orgasme li cau a dojo sobre les seves cuixes amb aquest simple flagell.

Ella sent que ell es deté i es mor dins.

La seva vergonya la plena mentre ella tremola sobre la seva falda, panteixant i sanglotant.

La calor de la seva rubor omplia el seu rostre, tan avergonyida, com va poder haver fet això?

***

Ell somriu a l'veure la seva cara posar-se vermell de vergonya, la manté en el seu lloc, sabent que aquest és el seu moment.

"Durant la setmana que ve, et convertiràs en la meva esclava. Aquesta serà la teva ocupació real. Em obeiràs en tot el que jo et mani. Et mantindràs a la vista tot el temps i em demanaràs permís per anar-te si cal, encara que només sigui per anar a l'bany. Et posseirà i em obeiràs. a el final d'una setmana parlarem d'això novament ".

* * *

Ajaguda a la falda sentint l'orgasme de les seves natges, ella escolta les seves paraules.

És una declaració, no una pregunta.

Es dóna compte de que no li ha donat opcions.

Ella inclina el cap avergonyida, tremolant pel que acaba de fer.

I ella gemega:

"Sí senyor"

.

ACCEPTANT LA SITUACIÓ

"La seva esclava durant una setmana".

No podria ser molt dolenta la setmana ja que ell sempre l'havia tractat com a una princesa.

Fins i tot després de la seva mala estona de fa uns minuts i de la seva petició de total obediència durant una setmana, l'havia recollit, l'havia netejat les llàgrimes i l'havia enviat al seu bany privat perquè es adecentara.

Es va posar davant el mirall revivint la seva vergonya, era una noia dolenta i ara Robert ho sabia.

Maleïda sigui!

Es va mossegar el llavi preguntant-se si ell mantindria tot això en secret mentre ella jugava al seu joc.

Perquè era un joc, oi?

Va sortir de l'bany, el seu rostre ja no reflectia pel que acabava de passar sent el seu darrere de enrogit l'única prova externa d'això.

Ella va caminar cap a ell sentint que el seu rostre s'enrojolava novament i ell li va lliurar la seva tanga amarada d'esperma.

"Ok, tot bé. No obstant això, tots dos tenim persones que estimem, i això va ser, ummm, divertit, però no vull que cap d'ells sàpiga ..."

A l'veure la seva vergonya profund i escoltar l'auto recriminació en la seva veu, ell la va interrompre pressionant el seu avantatge:

"¿Que em vas deixar azotarte fins que vas arribar a l'orgasme? Que has accedit a servir-me com a esclava per no menys d'una setmana?, El meu dolç Susy, ets una gossa molt entremaliada!"

La va veure empal·lidir davant l'última paraula fins que va baixar el cap per mirar-se els peus.

Davant d'ella, li va aixecar la barbeta, sostenint la tanga rosa davant d'ella, i ell va somriure.

"Entén que jo tampoc vull fer mal a les nostres famílies. Però d'ara en endavant em diràs Mestre quan estiguem sols. Jo, la meva dolça nena, sóc un Mestre i com a tal necessito una esclava. Una setmana aquí a la feina i als del final de la setmana tornarem a parlar i veurem com seguirem des d'allà ".

Amb això, es va ficar la tanga a la butxaca i va tornar al seu escriptori.

Aixecant un sobre cap a ella, ell la va mirar als seus ulls inquisitius.

"Aquesta és una llista de les regles que has de seguir durant la setmana. Pots ja anar-te'n a casa ara i estudiar-la allà. Arriba matí d'hora, tenim molt a fer. Et veuré a les set del matí."

Es va posar dret i besant la seva galta suaument, va sortir de l'oficina donant per finalitzat el dia.

A l'acostar-se a donar-li el petó el va escoltar murmurar, "Sí, Mestre", el que li va fer somriure àmpliament.

LES REGLES

Aquesta nit es va ficar al llit al llit llegint les seves instruccions per a la setmana, i sacsejant el cap.

Se sentia molt incòmoda, però, per alguna raó, ella simplement no podia dir que no.

Però hauria d'haver dit que no.

Ell tenia raó, era una puta.

Hi havia volgut sentir que la castigava.

El seu nuvi era dolça però mai podria realment assotar com Robert ho havia fet.

Hi havia sentit el seu polla dura pressionada contra el seu ventre, mentalment considerant la seva mida i forma.

El seu nuvi empal·lidia en comparació amb les seves imaginacions.

Es va quedar adormida revivint les natges i pensant en la setmana que s'acostava, la seva mà atrapada entre les seves cames aconseguint el seu segon orgasme del dia.

* * *

Es va despertar d'hora per donar-se una dutxa.

Es va afaitar tot com se li indicava en les regles i es va vestir amb cura.

Es va recollir els cabells en una cua ben realitzada.

I es va vestir amb una camisola sota de la brusa en lloc d'un sostenidor, agraïda pels seus petits pits turgents i lliscar les calces sota del seu vestit de faldilla curta.

Amb el maquillatge lloc tal qual se li indicava, va agafar la seva bossa i va sortir corrent per la porta just a temps per agafar l'autobús que passava d'hora per anar a la feina.

L'absència de l'trànsit matinal habitual a l'ésser tan d'hora va fer que l'edifici semblés estranyament desert quan va arribar, pensava mentre ella pujava a l'ascensor.

A l'entrar a l'oficina silenciosa es va sorprendre de veure els llums encesos i que ell ja hi fos.

Es va desplaçar cap al seu escriptori i ràpidament va escriure en la missatgeria "Bon dia, Mestre" per fer-li saber de la seva arribada.

* * *

Ell va mirar el seu rellotge i va somriure.

Just a temps.

Havia passat la nit planejant la setmana que s'acostava.

La recompensa dels anys acumulats en els que va necessitar posseir a aquesta bonica noia que tant l'obsessionava.

Necessitava que ella acceptés el seu nou paper, esclavitzar el seu cos i la seva ànima, i només tenia una setmana per a això.

Hi havia planejat per tota la nit abans de decidir el seu pròxim moviment.

Somrient, va escriure:

"Bona noia, ets aquí a temps. Vine a la meva oficina, tanca la porta i despulla't. Després veu a centre de l'habitació i espera aquí".

* * *

"Si Mestre."

Amb el cor palpitant, va entrar a la seva oficina i va tancar la porta darrere d'ella.

A l'sentir els seus ulls mirant-atentament, ella es va girar i va fer un pas endavant.

Lentament, es va treure cada peça de vestir que portava i la va deixar a terra al costat d'ella.

Finalment nua, es va posar sobre la catifa suau, al centre de l'habitació, per estar a la seva mercè, la seva esclava.

Ella ho va observar mentre ell s'aixecava i es movia del seu escriptori.

Ell l'rondava mentre la mirava, dels peus al cap, cada centímetre de la seva pell, sense tocar-la, però tan a prop que podia sentir la calor del seu cos sobre la seva pell de gallina.

Abruptament ell va tornar al seu escriptori, li va dir que es vestís i que es posés a treballar, deixant-la de prestar atenció per continuar amb el seu treball.

* * *

Va poder veure la seva confusió i decepció quan es va vestir i va tornar al seu escriptori.

Sabia que ella estava a punt per fer el que ell decidís, per obeir la seva voluntat i més encara, per la seva humiliació i vergonya fent-la seguir el seu joc, però no volia pressionar massa.

Necessitava que ella volgués més, que necessités més.

Es va tornar per mirar el seu règim d'entrenament que estava sobre el seu escriptori.

Les seves lliçons culinàries anaven bé.

Semblava estar agradant a la gent de la companyia.

Ell es va tocar la barbeta mentre pensava que potser demanar-li un sopar amb uns amics de el club podria estar en l'aire aviat.

Es va quedar assegut al seu escriptori amb la ment recordant les natges que li va donar a ella, la seva polla inflant per això, la seva mà fregant-sentint l'excitació, veient-la nua i tan voluntàriament obedient que gairebé ho va fer oblidar els seus plans, el seu luxúria i la necessitat de dominar a la noia.

Va enviar un missatge instantani:

"Et masturbes, Susy?"

Va esperar mentre en el seu escriptori parpellejava el missatge instantani.

Podia imaginar-la inquieta, estrenyent el cony davant la pregunta, però ja havia confessat molt més durant els seus jocs.

"Sí, Mestre, sovint".

Va escriure el següent missatge escollint els seus següents paraules acuradament, desitjant no només jugar amb ella sinó fer-li pensar:

"Serà que aquest jove, a què no veus molt, no et satisfà prou, petita guineu? Potser aquesta setmana t'ajudarà a mantenir-te satisfeta".

Amb això va tancar la conversa.

* * *

En el seu escriptori, ella va quedar atònita amb la contestació i el tancament abrupte de la conversa, però es va quedar reflexionant sobre les seves paraules.

Més tard, Ocupada en el seu treball, no es va adonar que ell s'havia posat darrere d'ella fins que la seva mà es va arraulir sobre la seva espatlla i va descansar sobre el seu pit dret.

Ell es va inclinar per xiuxiuejar a l'oïda:

"Només estic veient com la meva petita guineu treballa dur".

Acariciant el mugró endurit i escoltant la seva respiració accelerar-se, ell va somriure.

Després va treure la seva mà i va sortir de la seva oficina abans tornant-se cap a ella:

"Saps, Susy, aquesta serà una setmana molt satisfactòria".

* * *

La va mantenir nerviosa tot el dia amb petites carícies i petites bromes que sempre la feien desitjar més pels seus moviments inconscients i es posava vermella cada vegada més.

Satisfet d'haver despertat la seva necessitat durant tot el dia, ell volia més.

La missatgeria va parpellejar en el seu escriptori.

"Abans que et vagis avui, petita guineu, et presentaràs al meu escriptori i demanaràs permís per deixar la meva servei pel dia".

* * *

"Si Mestre." Va teclejar i ràpidament es va afanyar a acabar el que estava fent i deixar ordenat el seu escriptori.

Ella estava una mica excitada.

Ell l'havia provocat durant tot el dia, les seves calces estaven humides i enganxoses, i no podia creure que se sentís tan calent.

Es va posar vermell a l'saber que estava sent la petita guineu que ell la cridava, però ella no semblava poder evitar-ho.

Ella es va posar dret i va entrar a la seva oficina tancant la porta i esperant que ell la acostés.

Va estar així per uns minuts, tot i que que va semblar molt més temps.

Això li va posar més nerviosa fins que ell la va mirar i va assenyalar un lloc en el pis a la banda del seu escriptori.

"Aquí, Susy".

Ella gairebé va volar a el lloc volent estar a prop seu una altra vegada.

A l'veure el somriure il·luminar el seu rostre davant la seva ànsia, la seva vergonya va omplir la cara novament.

"Abans de marxar hi ha una cosa més que necessito avaluar". Podia veure-tremolar lleugerament mentre ella assimilava les seves paraules. "Sigues una bona puta i inclina't sobre l'escriptori davant meu, Susy"

A l'veure la seva mirada d'incomprensió, no va esperar que es mogués, sinó que es va aixecar, la va prendre de el braç i la va pressionar perquè s'inclinés contra l'escriptori, els seus peus tot just tocant el pis.

Passant les mans per les seves cuixes estenent àmpliament, fer petar la llengua amb força.

"La meva petita guineu Susy, què has estat fent avui per mullar tant això?"

A l'escoltar la seva gritito i a l'veure la vergonya profund, va somriure satisfet per la seva reacció.

Fàcilment podria haver-li culpat als seus constants jocs aquell estat d'excitació, però ella va romandre en silenci, avergonyida que ell la truqués puta.

Va passar els dits sobre les calcetes de cotó mullades i va continuar.

"Què hauríem de fer amb una guineu tan humida?"

Enganxant els seus dits en les seves calces, li va acariciar la raja mullada, mirant-retorçar i panteixar després de totes les jocs a què la va sotmetre durant el dia.

Agafant el seu clítoris entre el polze i l'índex estrenyent poc a poc, va grunyir:

"Contéstame, petita guineu!"

A l'escoltar-la gemegar en veu alta i veure-tremolar, ell va somriure de nou.

Pressionada contra el seu escriptori, els seus cuixes es van obrir de bat a bat.

Ella va sentir com el seu humiliació davant les seves paraules omplia de color la seva cara fent-mullar-se encara més.

Les seves mans i dits juganers la van mantenir nerviosa tot el dia, el seu petit cos demandant i necessitat del seu toc.

Ara la sensació dels seus dits mentre acariciaven el seu cony feia que els seus malucs es moguessin inconscientment.

Els seus ulls es van eixamplar quan els seus dits van agafar i van estrènyer el seu clítoris i ella va gemegar en veu alta:

"Sí, Mestre, vull dir, no Mestre !, oh, Déu!"

"Vostè sap el que ha de fer!" Ella va cridar quan ell li va donar un copet al cul amb força.

Ell va continuar apretant causant dolor en el seu petit cos mentre ella xisclava de nou.

Els seus ulls es van omplir de llàgrimes quan la va colpejar de nou exigint una resposta:

"Una nalgada, Mestre!"

Ella va sentir com es retorçava el seu clítoris quan ell li va donar un copet al seu petit darrere de nou.

Arqueándose de dolor, les llàgrimes corrent per la cara, ella va tenir un orgasme, cridant el seu dolor i necessitat.

Va retirar la mà i va mirar a la puta, tan content que ella gairebé el supliqués.

Ell la va aixecar, besant el seu rostre plorós, mentre ella es sacsejava incontrolablement en els seus braços, fregant la seva esquena i tranquil·litzant.

La va acompanyar a l'bany.

"Arregla el teu maquillatge, la meva petita guineu, no volem que la gent pensi que estem aquí jugant a alguna cosa".

La va veure mirar el seu ampli somriure burleta mentre es posava vermella profundament i baixava el cap.

* * *

Mentre ella s'ajupia per rentar-se i arreglar-se la cara va recordar com se sentia quan ell l'estava fregant.

La duresa aparent sota dels seus pantalons.

La seva ment divagant amb imatges de com havia de ser la seva polla.

Ella es va estremir.

* * *

"Com ets una noia tan desagradable, però tens cara d'àngel, faràs servir calces mullades, Susy, deixa que la gent es pregunti si l'àngel és tan innocent com sembla!" Es delectava amb l'expressió de sotrac a la cara. "Demà després que et dutxes, vull que tries les teves calces preferides i te les posis sobre aquest petit cony". La seva ment li va tornar el record del seu apretadito cony recentment afaitat de la seva inspecció d'aquell matí. "Llavors vull que et masturbis, llegándote a la vora de l'orgasme i després t'aturis, et acabis de vestir i surts per la feina. Tan aviat com arribis, vine a la meva oficina."

Els seus ulls es van obrir de bat a bat, el seu cor va començar a bategar frenèticament.

El que ell estava demanant era una mica indignant, però el seu cony es va contraure i va sentir que gotejava encara més.

Amb veu tremolosa, ella va respondre "Sí, Mestre".

Ell la va mirar amb ulls penetrants fent-la posar vermell més.

La seva mà la va envoltar per tocar el seu cony mullat i cobert de cotó.

Després xiuxiuejant a l'orella amb un grunyit amenaçant:

"I no tinguis sexe amb el teu nòvio desatent aquesta setmana, Susy. Aquesta setmana ets meva. ¿Entès?"

El seu rostre es va encendre brillantment mentre xiuxiuejava: "Sí, Mestre".

* * *

Aquesta nit, ella va dormir a intervals.

Els seus somnis es van omplir d'ell, el seu cos estava tan excitat que semblava constantment mullat i necessitat.

Va considerar trucar al seu xicot.

Com es podria assabentar el Mestre si ho fes?

En el fons sabia que si ho feia se sentiria frustrada i culpada, així que va enterrar el cap en el coixí i va tractar de tornar a dormir.

* * *

Al matí següent, després dels llargs preparatius, es va anar cap a la feina, amb les cames inquietes mentre viatjava.

Mirava al seu voltant per veure si la gent podia sentir la seva excitació, els seus mugrons constantment endurits per la seva necessitat de córrer i fent que el seu petit botó el molestés.

* * *

Ella va anar directament a la seva oficina a la seva arribada.

Ell estava parlant per telèfon amb algú i quan els seus ulls es van tornar cap a ella, va aparèixer un somriure.

Va agafar un bolígraf i va escriure "despulla't" al bloc de notes al seu costat.

Va passar la pàgina cap a ella i va indicar el lloc davant la seva cadira entre les seves cames obertes.

Li tremolaven les cames mentre caminava obedientment al voltant de l'escriptori gran i començava a despullar-se.

Ell va cobrir el filtre amb la mà i li va dir:

"Lentament, no és un examen mèdic"

Ell li va fer l'ullet i ella es va posar vermell i va assentir entenent que es despullés més sensualment.

Això va fer i finalment nua, ho va escoltar dir:

"Ho sento, Harry, he de deixar-te ara. Et trucaré més tard, algú requereix la meva atenció".

Ell li va somriure i va penjar el telèfon.

Ell la va inspeccionar críticament, passant un dit per la part interna de la seva cuixa per sentir la seva humitat, després recolzant-, i passant la seva llengua per la punta del seu dit mullat.

"Date la volta i dóblate sobre l'escriptori petita puta, i amb les cames obertes."

Es va girar i es va doblar, presentant el seu petit cul apretat.

Mentre observava la petita punta de la tela que brollava dels llavis del seu cony, ell la va pessigar i, de manera temptadora, lentament va començar a tirar.

Amb els ulls molt oberts i gairebé plorosos pel remolí d'emocions i sentiments, ell va moure les calces mirant com el seu cony gotejava encara més quan se les va aixecar.

Quan la tira de roba se li va ficar en el tallet, va tirar amb força, observant el seu rostre en el reflex de la finestra mentre ella es mossegava el llavi i gemegava.

Colpejant el seu cul nu i dient-li que es posés dempeus, ell la va mirar críticament mentre ella es redreçava i es tornava cap a ell.

Després de la seva inspecció, el va colpejar el cul un cop més i li va ordenar que s'arreglés la roba, que es col·loqués bé les calces xopes i que tornés al seu treball.

El vergonya i l'expressió de desconcert que es van reflectir en el seu rostre el van complaure enormement.

Després li va donar l'esquena i va aixecar el telèfon per reprendre la seva conversa anterior, amb els seus ulls enfocats en el seu reflex en les mampares de la seva oficina.

"Oh sí." Va pensar per a si mateix, "aquesta serà una setmana molt satisfactòria. I si el meu pla té èxit, serà molt, molt més que una setmana …"

REUNIÓ AMB UN GERENT

Va tornar al seu escriptori, amb la cara envermellida d'incomoditat i vergonya.

Ni tan sols se li havia ocorregut dir que no i aturar el joc.

Va seure durant llargs minuts preguntant-se què podria passar si ho fes.

"Déu," va pensar ella. "La acomiadaria i li explicaria a la seva família per què o els deciría que havia hagut de fer-ho perquè era molt entremaliada?

"Potser", va raonar ella. "Ella podria anar amb el seu pare i dir-li el que aquest home la va fer fer, però ella es va deprimir a l'adonar-se que ell realment no havia fet res que ella no havia acceptat o demanat i no podia dir-li això al seu pare."

Ella va somriure pensant en el seu pare amorós.

Ella era la seva dolça àngel, i no podia suportar decebre amb la veritat, que era una petita guineu com l'Amo Robert la va cridar.

Perduda en el seu somni, no va veure el missatge instantani parpellejant fins que va ser massa tard.

Va aparèixer un segon i un tercer missatge "AQUÍ ARA!"

Gairebé ho va escoltar cridar mentre saltava i tremolava d'expectació.

Ella no va respondre, sinó que va córrer cap a la seva oficina i es va aturar just a la porta.

A l'entrar, i sense parlar, li va indicar que tanqués la porta i va assenyalar un lloc davant del seu escriptori.

Caminant lentament cap al lloc, ella es va quedar expectant mentre ell acabava d'escriure notes a l'ordinador.

La va mirar decebut i va sacsejar el cap.

El seu silenci la va posar més nerviosa, es va aixecar i la va aguaitar tirant de la seva faldilla, deixant a l'descobert les calces encara humides i copejant-li el cul amb força.

Gaudint del seu xiscle, la va girar i prement la seva barbeta amb força la va fer mirar-lo als ulls.

Inclinant-se cap el seu rostre, va grunyir: "Jo, Susan, sóc el teu Amo! Tu, la meva noia, ets la meva esclava i la teva falta d'atenció em porta a creure que necessites recordar això".

Ell va veure com els seus ulls s'apartaven dels d'ell.

"Mírame!" Ell va grunyir a la cara, assaborint la seva sospir mentre els seus ulls s'alçaven cap a ell.

Ella el va mirar i va començar a tartamudejar disculpes, però ell va estrènyer la mà més forta a la barbeta el que la va silenciar mentre els seus ulls s'omplien de llàgrimes.

Es veia tan bellament vulnerable que la seva polla es va agitar.

"Hauràs de ser castigada, és clar, però crec que gaudiries rebre un altre flagell, oi, la meva petita guineu?"

Ell va observar amb satisfacció, la seva vergonya banyant la cara mentre els seus ulls foscos la miraven.

"Estic esperant a un dels gerents i no tinc temps per bregar amb el teu desobediència en aquest moment", manant-la a la cantonada de la seva oficina darrere del seu escriptori, va continuar: "Para't a la cantonada com una noia entremaliada que ets, mentre jo em reuneixo amb Alan ".

Ell va sentir que es posava rígida i va veure que les seves mans començaven a baixar-se la faldilla, però li va donar un copet forta al cul deixant una impressió vermella i calenta.

"Deixeu la faldilla com està. Creua els braços davant teu si ni tan sols pots seguir aquesta senzilla instrucció."

La va escoltar gemegar i sufocar un sanglot, i amb un somriure alleugerint el seu rostre, va tornar al seu escriptori.

Ella va empal·lidir físicament quan ho va escoltar aixecar la veu i cridar:

"Entra Alan. Ho sento, el meu assistent no hi era per donar-te entrada".

Va escoltar una profunda veu riure quan Alan va entrar.

"Cap problema, Robert. Veig que has estat redecorant aquí. Molt bo, he de dir, i aquest toc de vermell que has afegit, increïble!"

La seva ment es va accelerar:

"¿Estava parlant d'ella? Segurament no"

Però no va poder evitar que aparegués un rubor brillant en les seves galtes mentre mirava per la finestra de a la banda.

Va intentar quedar-se quieta i no posar-se nerviosa amb l'esperança d'esvair en el fons mentre parlaven sobre algun client o un altre cosa.

Finalment, la reunió va acabar i Alan es va anar alegrement:

"Crec que podria decorar la meva oficina de manera similar, Robert, però potser amb algun tema nòrdic".

Li va fer un gest de complicitat astut a Robert i va afegir:

"Em torno boig quan veig a una rossa amb corbes. Potser és hora de fer d'Anne meu assistent personal".

Ell va riure en veu alta quan es va anar i ella es va encongir per dins.

EL JOGUET NOU

La va deixar allà de peu altra mitja hora mentre emplenava informes a l'ordinador abans de finalment cridar perquè anés a ell.

"Espero no haver de castigar de nou, petita esclava, i per ajudar-te perquè prestis atenció tinc un regal per a tu".

A l'obrir un calaix del seu escriptori, va treure un petit cilindre rosa fort i la va mirar mentre ella el mirava amb curiositat.

"Ella realment és tan innocent", va pensar per a si mateix i va somriure a l'indicar-li que fora a l'bany privat i inserir la nova joguina en el seu cony com si fos un tampó.

Ell adorava la forma en què les emocions jugaven a la cara, posar-se vermell encantadorament mentre la seva ment lluitava contra la seva submissió a ell

"ARA, esclava!"

Ella va prendre el petit objecte de la seva mà i va caminar lentament cap al bany, girant per tancar la porta.

Però el va veure traient el cap allà observant-la.

"Necessito orinar primer si us plau, Amo". Ella quequejar.

"Endavant petita esclava, no et detindré". Es va apartar una mica, però no es va moure de la porta per mantenir-la oberta.

Ell es va posar rígid tornant-se quan la va escoltar sospirar en veu alta.

Ella no va semblar notar-ho mentre es baixava les calces per orinar i inseria la joguina.

Es va posar de peu tirant de les calces humides paraca col·locar-les al seu lloc.

I quan tenia les mans preparades per baixar-se la faldilla, el va sentir petar la llengua.

Va aixecar la vista per veure-ho sacsejar el cap.

Deixant-la faldilla ajustada al voltant de la seva cintura, va acabar de rentar-se les mans i el va seguir fins a la seva escriptori.

Ella va veure que ell l'estava arrufant les celles i es va preguntar què podria haver fet per disgustar-ara.

"Susan, aquest és un dia de lliçons per a tu, em sembla".

Es va aturar per un moment, deixant-la considerar les seves paraules.

"Els esclaus no sospiren als seus mestres !, entesos? És un simple, si Amo, 'perquè com ets la meva esclava, em obeiràs!" els seus ulls es van clavar en els d'ella mentre explicava la seva transgressió més recent.

Va observar l'horror i la vergonya passar pel seu rostre, les seves dents mossegant el llavi inferior de nou adorablement.

"A vegades és com castigar una nena", va pensar.

Amb els ulls molt oberts, va fer que sí amb el cap, recuperant prou com per murmurar, "Sí, Amo" quan el va veure endurir més amb ira.

Ara estava espantada, perquè el seu evident enuig li confirmava que això ja no era un joc.

La confirmació li va pegar com una bufetada a la cara que gairebé la va sacsejar sobre els seus talons per la força de la nova consciència de la seva situació.

Sabia que havia arribat massa lluny, fet massa, deixar que ell li fes massa, per ara poder retrocedir o demanar-li que s'aturés.

Qualsevol paraula d'aquest tipus hagués mort en la seva gola.

Després de minuts de silenci, ella va començar a sanglotar i es va tornar per anar-se'n d'allà.

La va veure trencant-se, la comprensió de les seves intencions caient sobre ella.

Aquest era el seu moment per començar a fer-la veritablement seva.

Havia de moure ràpid abans que entrés en pànic i fugís d'ell per complet.

Ell va estendre la mà a la velocitat de l'llamp i la va agafar de el braç abans que ella pogués sortir corrent.

Va sostenir un control remot davant els seus ulls i va pressionar el botó per iniciar un brunzit baix en el seu cony.

Ella es va sacsejar i va deixar escapar un gemec mirant-lo.

Amb veu profunda va dir:

"Sí, petita guineu, controlo aquest joguina nova al teu cony igual que et controlo a tu. Sóc el teu Amo".

Ell la va mirar als ulls temorosos mentre acariciava el seu darrere.

La joguina Zumbo a una velocitat més alta.

La seva respiració va començar a augmentar amb la seva sensació d'emoció.

Es va inclinar per murmurar en la seva oïda:

"T'agrada ser el meu puta, oi, Susy?"

Ell es va acostar encara més atraient cap a ell mentre continuava:

"Sense haver de amagar el travessa que ets i els sentiments en aquest petit i atapeït cony que et deixa la joguina quan estàs amb mi, saps que estaves destinada a servir-me".

Amb això li va donar un copet fort en el darrere, escalfant amb l'empremta de la seva mà.

A l'veure la seva mossegada al llavi, va poder veure les emocions jugar sobre el seu rostre expressiu mentre s'omplia de color.

"Pots ser tu mateixa amb mi, Susy. Adoro tot el que ets i tot el que pots i seràs per a mi".

Podia sentir la calor sortint d'ella, la vergonya i la por es barrejaven amb el creixent fam sexual que apareixia en els seus ulls verds a causa de l'excitació de la joguina en el seu cony.

Era una lenta i deliberada elecció de paraules, deixant que envaïssin la seva ment mentre ella lluitava amb la comprensió que això mai tornaria a ser un joc per a ell.

Ell va parlar per omplir incansablement el seu cap amb els seus desitjos.

"T'he conegut gairebé tota la teva vida. Sempre tan dolça, tan innocent i tan obedient que sabia que vas néixer per ser una esclava, la meva petita guineu. Necessites un Mestre que et doni el plaer i el dolor que anheles".

Va mantenir la seva veu amb un murmuri suau i baix en la seva oïda, però amb un to sever i dominant en les seves paraules.

"Pots confiar en mi, Susy, em preocuparé per tu i et mantindré fora de perill mentre aliment teus desitjos i desitjos".

Ell va puntuar això amb una altra copet en el seu cul ja vermell.

"Tot el que li demano a la petita esclava és que em serveixis i em obeeixis bé. Sóc tu Amo, Susy. I tu, petita guineu, ets l'esclava que desitjo".

Ella estava panteixant ara, el seu cos tremolava visiblement d'emoció quan ell va tornar a activar la joguina una mica més fort i donant-li un copet al cul una altra vegada.

"Et posseirà i cuidaré com el meu possessió més preuada. Com el teu Mestre, et entrenaré per complaure i et castigaré quan no ho facis".

La seva mà es va estavellar de nou contra el seu darrere.

Ella va obrir in poc més les seves cames que amb prou feines la sostenien en posició vertical mentre ell li donava el que necessitava.

Tal com ell desitjava dominar-la, ella necessitava les seves demandes de control sobre ella.

Podia veure i sentir el calent que es posava cada vegada que ella obeïa les seves ordres cada vegada més despectives, fins i tot ara que ell la mirava als ulls plens de llàgrimes.

"Has de confiar i obeir al teu Amo, Susy". Colpejant el cul de nou, grunyir sota "corre't per a mi, la meva petita guineu. Obedéceme i corre't per al teu Amo, esclava".

Ell va col·locar la seva cama entre les d'ella mentre ella girava els seus malucs, deixant-moldre el seu humit i palpitant cony sobre ell, observant com el seu cap s'inclinava cap enrere per gemegar.

Va embolicar els seus braços al voltant del seu petit cos i la va atreure cap a ell quan ella va començar a tremolar i estremir, la va aixecar, la va portar a una cadira omple i es va asseure amb ella a la falda deixant que el brunzit dins d'ella s'esvaís lentament.

En aquest moment no volia res més que complaure-ho, obeir, que la cuidés i la atresorarà.

Ella es va asseure a la falda durant molt de temps sentint que ell l'acariciava, acariciant el seu cabell i la seva esquena mentre es calmava.

Incapaç de dir el que sentia, va pensar a través de tot el que havia dit i fet.

En les coses que ella havia fet i havia deixat que ell li fes en els últims tres dies, en les seves paraules de confiança i cura, el plaer i el dolor que li va donar.

Inconscientment es va retorçar mossegant-se el llavi una altra vegada.

La seva vergonya va omplir el seu rostre, la seva vergonya i humiliació es van apoderar de totes les altres emocions.

Encara estava una mica espantada de la seva ira i del que aquest suposat joc realment significava per a ella, però també sentia el seu amor per ella.

Era gairebé com una figura paterna, estricte i sever però afectuós mentre ella es bressolava en els seus braços així.

¿Estava mal de la seva part pensar en ell d'aquesta manera atès el que havia fet i deixar que el seguís fent això?

No només acceptava les seves entremaliadures, sinó que les encoratjava.

L'havia portat a cridar per orgasmes, però no hi havia buscat el seu.

La seva ment es va retorçar amb el que estava sentint.

Ella va sentir que volia fer això per ell, la forta necessitat que hi havia sentit de fugir d'ell empesa a el fons de la seva ment reemplaçada en aquest moment per un desig de complaure-mentre reflexionava sobre les seves paraules, cura, confiança i amor.

Ella es va imaginar com seria ser follar per ell i omplir-se amb el seu semen i es va retorçar en els seus braços pressionant contra el seu fort cos ferm.

Va seure amb ella arraulida a la falda, observant el seu rostre sabent que ella estava considerant tot el que li havia dit mentre ell alimentava les seves creixents necessitats masoquistes.

Ell va somriure mentre la veia rosegar-el llavi i posar-se vermell.

Necessitava posseir a aquesta petita i bonica noia, en cos i ànima, per fer-la suportar més el seu dolor i patir per ell, però necessitava que ella vingués a ell de bona gana.

Els seus pensaments es van tornar més foscos, i li estava prenent tota la seva força de voluntat per no llençar per la borda el seu pla i prendre el seu cos ara mateix posseir-la i obligar-la a estar al seu servei.

Va decidir que havia d'anar a buscar a una de les guineus de la companyia per resoldre la seva frustració abans de perdre la seva determinació.

Colpejant lleugerament el seu darrere, la va espavilar:

"Petita guineu, has estat una assistent personal inútil aquest matí, així que veu de tornada al teu escriptori i continua amb la teva feina. Et diré si et necessito".

Ell va somriure quan la joguina Zumbo breument fent-la panteixar i comprendre el seu significat amb massa claredat.

La va ajudar a aixecar-se de la falda, somrient mentre observava la seva mirada descurada i els seus brillants cuixes mullats.

"Pots utilitzar el meu bany per netejar-te, petita guineu, però deixa la joguina on està". Ell va somriure mentre ella panteixava mirant-breument.

"Si Amo."

Mentre s'afanyava a anar a el bany i es mirava a l'espill, es va preguntar si mai deixaria de posar-se vermell quan estigués amb ell.

Arreglant ja el maquillatge, i netejant l'evidència el plaer que ell li va donar, ella va fer una ganyota mentre girava per veure el seu cul enrogit.

A l'sortir de l'bany, va veure que ell s'havia anat sense dir una paraula i va tornar al seu escriptori sentint-se estranyament sola sense la seva presència constant.

EXPOSADA DAVANT D'ALTRES

Unes hores més tard va sentir com la joguina va començar a brunzir de nou moments abans que ell tornés lluint relaxat i somrient-li alegrement.

Retornant el somriure a la cara a l'veure'l, ell es va moure darrere d'ella mirant per sobre de la seva espatlla al seu ordinador i va col·locar les dues mans sobre els seus pits estrenyent fins que ella va gemegar suaument.

"¿Treballant dur la meva petita esclava?"

Abans que pogués respondre, va veure com Alan presumia amb Anne, la bomba rossa de la recepció, al seu costat.

"Bona tarda, senyor Clarkson", Susan va somriure, intentant ignorar el fet que les mans del seu Amo encara estaven pastant els seus pits, tot i que la vergonya que recobria la cara deia molt.

"Susan, afecte, et vaig estranyar aquest matí, espero que no hagis tingut problemes".

El aparentment sempre exuberant Alan Clarkson va fer l'ullet i va riure entre dents:

"Anne és el meu assistent personal ara i necessito portar-la a comprar algunes coses per poder entrenar-la adequadament en tot el que implica el seu nou paper".

Li va somriure maliciosament a Susan.

"Robert vol algunes coses per a tu també, noia afortunada, però necessitem saber alguns mides i mesures. Encara que pel que puc veure, el teu entrenament ha estat molt pràctic".

Ell va riure amb bon humor i va mirar com les mans del seu Amo que encara cobrien les seves petites pits.

"Anem a la meva oficina per fer una llista".

El seu Amo va riure juntament amb Alan, aupándola per els pits i colpejant lleugerament per fer-la moure.

Portant-la a centre de l'habitació, la va ordenar mirant-la fixament:

"Susan, despulla't perquè Anne pugui obtenir mesures precises".

Ell la va mirar amb una mirada severa mentre ella dubtava.

Es va quedar paralitzada, incrèdula, la joguina Zumbo més fort fent-la panteixar i mirar cap amunt i ell va aixecar una cella.

Ella va empassar saliva sacsejant lleugerament el cap.

"ARA Susan!" la ira va brillar en els seus ulls mentre la mirava.

Tocant amb les mans tremoloses, va deixar caure la faldilla i es va treure la jaqueta i la brusa que les va lliurar a Anne, qui va comprovar les mides i va prendre notes.

"El suport també, Susy, pots quedar-te les calces brutes per ara".

Ell va continuar mirant-la enutjat.

Ella estava mortificada per les seves paraules i es va desprendre de la sustentació.

Ells es van apartar d'ella una vegada que havia acabat de despullar-se.

Els dos homes es van moure a l'escriptori del seu Amo per discutir la seva llista en veu baixa, observant-des de la distància.

Mortificada per dins, es va quedar gairebé nua i tremolant mentre Anne tocava i prenia mesures de diverses parts del seu petit cos, incloses les nines, els turmells i la gola durant el que va semblar una eternitat.

Les mans de la dona rossa semblaven encendre encara més mentre la joguina brunzia fent que es posés més humida i els seus mugrons impossiblement durs, el que es va sumar a la seva humiliació.

Alan va somriure àmpliament a l'veure a Anne finalment posar-se dret i enrotllar la cinta mètrica.

"Vine esclava, anem de compres!" Susan es va tensar, però ell va prendre a Anne pel braç i la va treure de l'habitació, i dient per sobre de l'espatlla. "Et veurem en unes hores Robert".

Els ulls de Susan es van obrir de bat a bat a l'escoltar la paraula esclava dirigida a una altra noia i es va girar per veure anar-se'n.

Fent-li senyals perquè s'acostés, assenyalant un lloc al pis darrere del seu escriptori, a prop seu, la va mirar com gairebé nua es posava en el lloc.

"T'ha agradat utilitzar aquestes calces brutes tot el dia?"

Va passar una mà sobre el seu maluc i el seu cony sentint la seva humitat.

"No Amo".

Ell va somriure.

"Bé, quítatelas i la propera vegada que tinguis la temptació d'usar calces, pensa en com es va sentir".

El seu somriure es va tornar seriosa.

"No tornaràs a posar-te res que cobreixi el teu petit cony sense el meu permís exprés. M'entens esclava? O el teu incomoditat serà molt pitjor, t'ho prometo".

Els seus ulls van buscar els d'ella assegurant-se que ella entengués que això, com totes les seves ordres, no era negociable.

Llevant-se les calces xopes i empestades, es va quedar tremolant i nua davant seu, respirant lentament, i va xiuxiuejar:

"Si Amo."

Acariciant el seu natja lleugerament, la va empènyer cap avall, inclinant sobre la seva falda, parlant en veu baixa, però amb un tall en la seva veu.

"Com ets la meva esclava, quan et demani que facis alguna cosa obeeixes, és correcte això esclau?"

Sense donar-li temps a respondre, i acariciant el seu bell cul va continuar dient.

"És el que vas acceptar. No obstant això, per tercera vegada avui em trobo havent de castigar".

No li havia deixat espai per a respondre-li i va somriure quan ella va gemegar.

"El teu vacil·lació quan et vaig demanar que et despullis no va ser acceptable, em obeiràs esclava, independentment de qui estigui a prop".

Ell la va sentir tensar mentre descrivia el seu disgust.

"Has de confiar que no et posaré en perill. Alan també és un Mestre i Anne seva serventa".

Va deixar que la tristesa i la decepció es colessin en la seva veu.

"La teva negativa a despullar-te quan t'ho vaig ordenar va ser un reflex no solament de tu, petita esclava, sinó de mi com el teu Amo".

Ella es va encongir davant el to de la seva veu, trobant-avergonyida d'haver-ho disgustat un cop més, la necessitat de complaure l'havia despertat abans fent-voler pregar per la seva perdó.

Ella va començar a expressar la seva súplica, però la va silenciar.

"Entenc que ho sents esclava i m'entristeix que hagi de castigar de nou, però aprendràs a confiar i obeir en tot el que et demano".

Ella estava gemegant de vergonya, així com per la calor que estava creixent en ella causat per la seva mà acaronadora i per la joguina brunzint profundament dins del seu cony gotejant.

Va sentir que la seva mà s'aixecava i es va preparar pensant que ell la azotaría, però va ser reemplaçada per la sensació d'una vara prima acariciant la seva pell.

Mentre, la seva mà esquerra es va moure sota d'ella per acariciar el seu cony i agregar-li més plaer a la barreja d'emocions que la recorrien.

Ella es va retorçar davant els seus tocs, però donant un xiscle de sorpresa quan el bastó li va colpejar el cul mossegant-li la carn, fent-la saltar a la falda alçant els peus.

Va sentir els seus dits enfonsar-se en el seu cony i el seu clítoris sostenint al seu lloc i ella va tornar a cridar, els seus esbufecs i gemecs es van convertir en miols adolorits i panteixos eròtics quan la va colpejar dues vegades més mentre seguia ficant els dits en el seu cony.

Tres punxants faves vermelles van aparèixer en la seva pell per cadascuna de les seves transgressions d'aquest dia.

Podia sentir les faves cremant en la seva pell quan el cruel bastó va ser reemplaçat pel seu compte un cop més.

Els seus dits es van retorçar i van tirar del seu clítoris inflat mentre assotava amb força les línies arrissades sense descans, fent-la girar i doblegar a la falda gemegant de dolor i excitació.

Ell observava l'exquisit cos petit enrogit sobre la seva falda.

La seva alegria i excitació es van fer evidents mentre la veia gaudir i plorar per ell.

Ell era el seu Mestre, un desig des de feia molt de temps esperant que es convertís en realitat.

A la fin de la setmana, ella acceptaria el seu lloc com la seva esclava voluntàriament o ell la prendria per la força si cal, però sabia que no podia deixar-la anar.

Ell va tornar a parlar en veu baixa i grunyint:

"Corre't pel teu Amo, petita esclava. Mostreu-me quant estimes el meu càstig".

El seu cos es contorsionó arqueándose, tibant-i estremint mentre explotava davant seu ordre.

La seva ment es va perdre, surant en un núvol de plaer i dolor per tercera vegada aquest dia.

Ella va cridar per ell i es va córrer.

VESTIMENTA NOVA PER SUSAN

Susan es va despertar atordida i confosa, encara nua.

Estava arraulida en els braços de l'Amo en el gran sofà farcit d'escuma seva oficina.

La abraçava suaument, protectorament, com la d'un dolç amant.

No obstant això, el seu cos li deia el contrari i necessitava desesperadament estirar els seus adolorits músculs.

Gentilment va tractar d'alliberar-se dels seus braços només per sentir com es estrenyia més al seu voltant.

Rendint, va rodar els seus braços cap a la seva esquena i va estirar el seu cos sentint els músculs protestar i sentir més dolor.

Ella el va mirar als ulls mentre ell l'observava.

Finalment deixant anar la seva abraçada i passant les seves mans sobre el seu cos mentre ella s'estirava com un gat.

"Ets meva." Ell va dir simplement.

Va colpejar el seu maluc lleugerament,

"S'està fent tard petita Susy, vas estar adormida per un temps, tinc un acte esperant-te per les escales d'entrada per portar-te a casa".

Ell li va somriure suaument.

"Serà millor que et vistes i et vagis a casa, abans que trobi més coses que puguis fer aquí".

Els seus ulls es van obrir i ell es va posar a riure.

"Pots dir-li a qualsevol que pregunti que et vaig mantenir tard a la feina amb fins de capacitació".

Ell va riure genuïnament de la seva cara avergonyit mentre ella s'aixecava i mirava el seu vestit.

Ella va fer una ganyota de dolor, sentint un remolí de malestar mentre allisava la faldilla sobre el seu darrere.

Va entrar en el seu bany breument per arreglar-se el cabell i maquillar el millor que va poder abans de caminar darrere del seu escriptori per recuperar les calces brutes rebutjades.

Amb les calces a la mà, obedientment es va presentar preguntant:

"Em disculpen pel dia, Mestre?"

Ell li va somriure i es va aixecar per besar-profundament.

Sorpresa, va donar un gritito quan va sentir els seus llavis sobre els d'ella, sorpresa pel petó.

Després tot el que havia passat en els últims dies, aquest va ser el seu primer petó real i ella es va fondre amb ell.

La va portar al seu escriptori, sense tallar el petó.

Col·locant-la acuradament sobre la taula perquè ella recuperés la seva bossa, va parlar en veu baixa:

"Sí, la meva esclava, finalment m'has complagut avui".

Va deixar que una mica de somriure li passés per la cara mentre es burlava d'ella.

"Vés a casa, abans que canviï d'opinió".

Ell li va donar uns copets al cul gaudint de les seves gemecs i la va deixar, tornant a la seva oficina.

Estava més que satisfet.

Però no sabia què esperar quan ella es despertés al matí següent.

S'estava preguntant si l'havia portat massa lluny en el seu dia de càstig.

Ell va somriure per a si mateix.

Ella era adorable en la seva submissió natural i, encara que en un moment, durant el dia, va semblar estar a punt d'anar-se'n, s'havia quedat.

****

L'acte l'estava esperant com ell havia dit.

El conductor va ser amable i una vegada que va estar a dins li va lliurar una bossa d'un restaurant local.

"El senyor Robert em va demanar que et recollís una mica de menjar, ja que et tindria fins tard a una sessió de capacitació".

Ell va somriure davant la sorpresa i el color rosa que va lliscar per les galtes mentre ella prenia la bossa i li donava les gràcies.

El camí a casa va ser silenciós.

Ell la mirava pel mirall mentre ella mirava per la finestra sense veure realment el paisatge, els seus ulls perduts en els seus pensaments sobre el seu dia.

Va somriure mentre es tocava els llavis amb els dits, pensant en tot el que havia passat.

I sobre el que va succeir, va ser en el seu petó en el que es va demorar.

La veritat era que ella gaudia les coses que ell l'obligava a fer, coses que mai hauria fet sola o amb el seu xicot.

Li agradava poder fer veure que era una "bona noia" que estava sent forçada en lloc d'admetre que cada nova experiència que ell li brindava emocionava la seva ment i el seu cos.

No obstant això, de totes aquestes coses, va ser el petó el que es va quedar amb ella.

La intimitat del seu profund i apassionat petó, havia estat molt diferent de la forma autoritària i composta amb la qual ell havia provocat i portat al seu cos plaer i dolor, fent-la sentir culpa i vergonya, necessitat i desig.

Sabia que el que estava fent, ser la seva esclava, no estava bé i fins aquesta nit s'havia preguntat què tan malament podria estar abans que acabés la setmana.

Es va tocar els llavis altra vegada, però el petó semblava fer que d'alguna manera no se sentís tan malament.

Hi havia sentit el seu amor i passió per ella en aquest únic petó.

* * *

Ella es va treure al seu llit i es va girar mentre intentava dormir.

"Hi havia crescut coneixent com a part de la seva família, gairebé com un oncle. 'Estimava la seva dona indulgent i casolana i era amiga del seu fill!"

Es va treure les mantes i es va quedar mirant sostre plena de culpa i vergonya.

"Què li estava passant?"

Ella va gemegar suaument mentre la seva mà acariciava el seu cos revivint el dia, la seva ira, la seva por, la seva decepció, la seva vergonya, el seu desig, la seva necessitat de complaure i finalment la passió de la seva petó.

Ella es va venir per quarta vegada en aquest dia i finalment es va adormir.

* * *

Es va despertar i es va arrossegar fins a la dutxa, els seus sentiments de culpa i vergonya van tornar a la seva ment.

Gairebé temia anar a treballar i trobar-se amb el que aquest dia li tenia reservat, es va sentir malament i per un moment va considerar cridar per dir que estava malalta, abans de sacsejar el cap.

El pànic se li va anar quan va sortir de l'bany i va jurar suaument a l'adonar-se que arribaria tard.

Es va vestir ràpidament i va baixar corrent les escales per sortir volant per la porta.

Va sortir corrent per prendre directament amb els braços del seu conductor de el dia anterior.

Ell la va agafar just quan ella començava a córrer cap a l'autobús.

"Susan"

Ella va aixecar la vista.

"Calma't noia. El senyor Robert em va enviar per recollir-te aquest matí".

Va fer un pas enrere i va obrir la porta que la pujava a l'automòbil.

Ella va obeir dòcilment atordida per la seva presència.

Va veure dues caixes, col·locades al seient al seu costat, mentre pujava.

Una contenia galetes de canyella decorades amb cares somrients i el seu suc favorit.

I en una caixa més gran hi havia una nota dirigida a ella.

Ella va llegir:

"Bon dia la meva esclava, espero que hagis dormit bé, tinc la intenció de cuidar-te com el meu tresor més preuat, però encara hi ha molt que has d'aprendre sobre com complaure al teu Amo. Ets jove i bella, no hauries de fer servir aquesta roba de treball antiquada que la teva mare et va escollir. Esmorza ràpid i posa't el vestit d'aquesta caixa abans d'arribar a la feina. No et preocupis pel conductor, confia i obeeix. Robert. "

Tocant l'espatlla de l'conductor, li va preguntar si podia aturar-se en un cafè o en algun lloc amb bany, però ell va negar amb el cap.

"No. Em van dir que la acostés sense parar, senyoreta".

Ella es va recolzar menjant i considerant què fer.

No volia ser castigada en el moment en què entrés.

Va acabar les galetes i el suc, es va deixar caure en una cantonada de l'acte i va sostenir la seva jaqueta contra el seu pit mentre es canviava amb la brusa de seda blanca que havia tret de la caixa.

Els seus mugrons es van endurir i van pressionar a través de l'material suau davant la idea que el conductor l'estigués mirant, però ella no estava disposada a mirar al mirall per comprovar-ho.

Va treure la faldilla blau marí prisada de la caixa i es va inclinar cap endavant per cobrir la seva nuesa.

Es va treure la faldilla i es va col·locar la nova al seu lloc.

Intentant fer-ho millor que pogués, s'havia posat la brusa i la faldilla prisada en lloc de la brusa i faldilla que portava.

Prenent una petita jaqueta de la caixa i col·locant-la al seient al seu costat, va revisar la caixa per assegurar-se que ja estava buida.

Va trobar unes mitjanes d'encaix blanques que es pujaven fins la cuixa i una nota més petita ...

"Mantingues la faldilla aixecada mentre et poses la mitjanes i el conductor et donarà l'última peça del teu vestit. Confia i obeeix, petita esclava. Robert"

Mortificada, va raonar que probablement ell l'havia estat observant canviar-se de tota manera, així que es va pujar la faldilla i va posar les mitjanes en el seu lloc, l'elàstic cenyint sobre les seves cuixes.

El conductor va somriure al mirall i li va lliurar un parell de sabates blau marí de taló alt que combinaven amb el vestit.

Amb la cara envermellida de rubor, va prendre les sabates amb un suau "Gràcies" i va ficar la seva roba a la caixa buida.

Es va recolzar, col·locant les sabates, i evitant els ulls de l'conductor per la resta de el viatge.

* * *

A l'sortir de l'acte i posar-se la jaqueta de l'vestit, va descobrir que el seu solapa ampla s'emmarcava seus rodones pits, i els dos botons baixos la halaven de la cintura per eixamplar les seves petites malucs.

Allisant la faldilla prisada curta que amb prou feines cobria la part superior de les seves mitjanes, es va inclinar cap a l'automòbil.

A l'adonar-se que massa tard que es mostraria el seu darrere nu, va agafar la caixa de la seva roba vella i va caminar ràpidament cap a l'edifici ignorant el somriure a la cara de l'conductor.

Ella li va agrair el viatge i ell li va desitjar un bon dia.

* * *

Va arribar al seu escriptori, va guardar la seva bossa i la caixa sota d'ell i va entrar a la seva oficina esperant silenciosament al fet que ell s'adonés mentre acabava una trucada telefònica.

Ell va somriure suaument i va assenyalar un lloc davant del seu escriptori.

Es va apropar nerviosament sobre les seves sabates de taló alt mentre entrava més a l'oficina.

Es va quedar de peu davant d'ell mentre envoltava el seu escriptori i la inspeccionava en silenci.

La seva mà va pujar per la seva cuixa i sota de la faldilla curta per prendre i estrènyer-li el cul somrient mentre ella es mossegava el llavi i se li tallava la respiració.

"Bé, la meva petita esclava, m'has complagut amb el teu obediència. Aquest és un dels vestits que l'esclava d'Alan et va escollir ahir, t'agrada?"

"Oh, sí Mestre. Moltes gràcies".

Les seves mans ahuecaron seus simpàtiques pits i van jugar amb els seus mugrons a través de la tela transparent, aconseguint posar-los tan durs com puntes de fletxa.

"Treu-te la jaqueta".

A l'observar els seus expressius ulls, va prémer l'adherència pessigant les dures protuberàncies entre els seus dits, mentre ella es treia la jaqueta.

La seva respiració s'accelerava a un panteix, els seus ulls es van obrir i un gemec va escapar d'ella.

"Una petita guineu tan encantadora, el meu conductor estava molt impressionat".

Els seus ulls la van recórrer.

"Tenia raó, podries passar per una colegiala travessa amb aquest abillament".

Va fer un pas enrere, recolzant-se casualment a l'escriptori, mirant-posar-se vermell.

"Despulla't esclava, tot menys les sabates i les mitges. Hi ha altres coses que desitjo veure't utilitzar abans de començar el nostre dia".

Tornant a ella mentre ella es treia la roba, ell li va acariciar el cul suaument, abans de copejar-i inclinar en la seva oïda per grunyir:

"El Mestre gaudeix de la vergonya rosat en els teus natges".

Estrenyent-li el cul amb força fins que ella va gemegar, ell va somriure i la va colpejar de nou.

Prenent de el braç, la va conduir al voltant del seu escriptori, col·locant-la al seu costat mentre prenia seient.

"Agenolla't, esclava".

Ella es va agenollar mentre ell la mirava.

"Aquest és el lloc apropiat d'una esclava i ho aprendràs bé avui. Quan vinguis a mi sempre et arrodillarás".

"Si senyor"

Ella va veure com ell obria un calaix i treia diverses cadenes d'or abans de tornar-se cap a ella una vegada més.

Va parlar, suau però severament.

"Hi ha coses que faràs servir per a mi que no són peces de vestir. Posa les teves mans darrere del teu coll i mantén-hi". Ell va observar el desconcert omplir el seu rostre mentre ella movia les seves mans darrere del seu coll entrellaçant els dits.

Ell va revisar la seva posició críticament, estenent la seva mà per ajustar els seus colzes estirant-los cap enrere, fent-la arquejar cap a ell i empènyer els seus pits cap endavant.

A l'acariciar-bruscament i provocar els mugrons amb més pessics, va tornar a parlar.

"No vaig a requerir que perfores aquests, encara, però desitjo que estiguin decorats adequadament".

Seleccionant una cadena, va tirar de les seves mugrons ficant a través de petits anells a cada extrem de la cadena.

Estaven prou estrets com per sostenir la cadena, però sense danyar la pell.

Va tirar de la cadena i li va donar un copet a la mamella esquerra, fent-la gemegar i deixant els seus ulls humits.

Els llaços de la cadena s'estrenyien al voltant dels seus mugrons quan el pit es va inflar.

Després de palmearle els pits diverses vegades, va agafar la cadena i va tirar d'ella amb força, estirant la carn de les mamelles abans que la cadena es sortís.

Ella va gemegar, va tremolar i les llàgrimes van rodar per les seves galtes per la coïssor.

La seva polla s'agitava mentre la mirava.

Va repetir el procés pessigant i estrenyent bruscament els seus mugrons i colpejant els seus pits mentre provava cinc cadenes diferents, estirant cadascun dels seus mugrons amb fortes estrebades mentre intentava amb una altra cadena.

La cadena que finalment va triar estava decorada amb petites campanetes penjant dels bucles que dringaven en cadascuna de les seves bufetades.

Ara ella tenia els ulls plens de llàgrimes pel dolor quan ell va corregir la seva postura un cop més.

Amb el vostre sabata per empènyer els seus genolls, grunyir.

"Obre les cuixes, petita guineu, desitjo veure com el teu cony brilla, mentre gaudeixes de el dolor que et dono".

El vergonya a la cara gairebé coincidia amb les empremtes de mans vermelles que cobrien els seus pits mentre el seu pit s'agitava.

Va sentir l'espasme del seu cony i va degotar encara més davant les seves paraules.

"Com podria estar gaudint això?"

El seu pit bategava per la calor i el dolor.

"Hi ha d'haver alguna cosa malament amb mi, això no era normal. No hi va haver carícies suaus ni ansioses mirades entre ells. Només ordres, obediència, dolor i plaer".

La seva ment va fugir de nou a el petó de el dia anterior i els seus llavis van tremolar juntament amb el seu cos a l'estremir a l'recordar les emocions que havia sentit.

Pressionant la seva sabata contra el seu cony, fregar amb el dit de el peu sota de la pilota al seu clítoris inflat i va observar com el seu panteix augmentava i el seu cos tremolava, fent que les petites campanes tintineen alegrement sobre els seus pits vermelles i adolorides.

Podia veure la calor en els seus ulls quan els seus malucs van rodar sobre el seu sabata fregant-.

Ell va continuar jugant amb el seu cony fregant el cuir dur en el seu clítoris inflat i el forat que gotejava.

El seu cos continuava ondulándose i balancejant els seus malucs contra la seva sabata buscant el plaer allà.

Va passar els dits pel seu cabell i el va retorçar mentre tirava del seu cap cap enrere i s'inclinava per gairebé pressionar els seus llavis contra la seva boca esbufegant, xiuxiuejant amb aspror:

"Corre't per plaer del teu Amo, petita guineu que gaudeix de el dolor. Ets meva".

Ell va observar com ella es arquejava més fort contra la seva sabata, tibant-i estremint abans de cridar amb la seva correguda que li va cobrir les cuixes i la sabata.

'Ella era tan bonica així de genolls davant seu'.

Ell la va mirar als ulls mentre la seva polla s'enduria dolorosament atrapada en els seus pantalons.

Ell va sostenir la seva mà en el seu cabell, disminuint el fort adherència per acariciar-mentre ella es calmava.

Les seves cames tremoloses es van doblar per acurrucar el seu darrere sobre els seus talons.

Mentre ella es recuperava de la seva correguda, ell li va dir:

"Neteja la meva sabata. Esclava"

A l'veure-començar a moure per aixecar la seva mà atapeïda en el seu cabell i ell va empènyer el seu cap cap avall.

"Amb la teva llengua, petita guineu, prova el dolç que ets".

Ell la va observar mentre el seu cap baixava com adoració als seus peus i va somriure.

El seu nas es va arrugar amb desgrat i el seu rostre es va posar vermell intensament mentre llepava netejant els seus sucs de la seva sabata.

La sostenir contra el seu sabata fins que va estar satisfet que ella havia acabat.

Apartant els seus peus, ell va mantenir un braç sobre ella mentre ella s'aixecava sobre les seves sabates de taló alt i les campanes penjant de les seves mugrons dringaven dolçament.

"Tens molt a fer avui, esclava, així que vesteix a aquest putito darrere divertit que tens"

Puntuant el que s'ha dit amb un copet al cul, ell es va recolzar i la va observar mentre es cordava la brusa sobre els seus pits ara decorades.

La cadena que feia que els seus mugrons ressaltessin deliciosament contra la pura seda, les campanes clarament visibles sota d'ella.

Mirant cap enrere en el calaix obert, va introduir les cadenes no utilitzades i va prendre un article més abans de posar-se dret i inspeccionar-quan va acabar de vestir-se.

Pessigant els seus mugrons encadenats entre la seda, la va atreure cap al seu escriptori abans de deixar anar els seus dits i empènyer cap per avall i colpejar el seu darrere novament.

Ella va gemegar, humitejant de nou els seus ulls a l'adonar-se el constant dolor i la calor amb que ell l'estava banyant aquest matí.

Ella va tremolar quan ell li va explicar que faria servir una cosa més durant aquest matí i que com més ràpid completés les tasques que ell li havia encomanat, abans es la trauria.

Ella va observar amb curiositat mentre ell portava un petit objecte de plàstic rosa davant de la seva cara.

Aquest tenia la forma d'una pastanaga petita, però la seva curiositat va ser reemplaçada per por quan ell li va explicar on ho faria servir.

Ella es va retorçar sota la seva mà atapeïda sobre la seva esquena, les seves cames pressionant contra les d'ella.

Podia sentir la seva polla dura dins dels seus pantalons.

La seva ment es va omplir d'imatges d'ell posseint mentre el seu fort adherència es tornava més feble per acariciar-més suaument.

La seva veu xiuxiuejar dolçament a l'orella per calmar-la.

A l'veure la por entrar en els seus ulls, ell gairebé es va aturar, però a ella li havia anat tan bé en la seva obediència a tot el que havia volgut aquest matí.

Necessitava saber que res li estava prohibit en el que ell li demanaria, així que es va inclinar cap a la seva oïda i li va dir:

"Tu, la meva esclava, faràs servir això perquè sóc el teu Amo i això m'agrada".

La seva mà va deixar la joguina sobre l'escriptori mentre acariciava la suau pell del seu darrere.

"Petita esclava, vols complaure al teu Mestre ?, oi?"

Ell va parlar i la va acariciar com ho faria amb una mascota espantadissa.

Xiuxiuejant la seva necessitat de posseir cada part d'ella, dominar-la i posseir-la completament.

Movent la mà acariciant la carn rosada i calenta del seu darrere, passant un dit entre les seves natges cap al seu petit i humit cony, la va provocar acariciant suaument sobre les seves natges, un cop més untant els seus sucs, però ara sobre el forat fosc i frunzit de el seu darrere.

Aixecant la joguina davant de la seva cara, li va dir:

"Vostè farà servir això, esclava, per a mi, el teu Amo".

Rodant la joguina sobre el seu cony mullat, cobrint-lo amb la seva correguda, ho va pressionar després contra el seu darrere.

A l'veure-tensar i estrènyer, ell va aixecar la mà de la seva esquena i el va colpejar el cul lleugerament.

"Relaxa't, petita esclava, confia en el teu Amo".

Va empènyer amb més força el petit tap mirant el seu anell anal lentament començar a estirar al voltant d'ell.

Va sentir onades d'emocions en conflicte rodant dins d'ella.

Com estava a la seva mercè, es va mossegar el llavi sabent el calent que estava per a ell.

Els seus dits penetrants van escalfar la seva sensible cony novament mentre sentia la seva altra mà jugar en el seu darrere.

Ella es va estremir a l'escoltar les seves murmuris i sentir la seva polla dura contra el seu maluc.

Mentre ell va prendre la joguina i suc més amb el seu cony i cul fins que ella no va poder més i ja estava gemegant de nou i movent els malucs.

Ella va sentir que ell movia el tap de nou al seu darrere i que el pressionava contra ella.

Ella es va tensar i ell li va donar una bofetada.

Va tancar els ulls i va respirar profundament miolant davant l'estranya sensació de tenir el cul fotut.

Se sentia tan gran dins d'ella, però sabia que no era així.

La seva ment va trontollar entre la calor del seu cony mullat i la sensació no tan dolorosa com excitant en el seu darrere quan el seu anell anal es va estrènyer al voltant de el tap per mantenir-lo al seu lloc.

Ell va grunyir a l'veure desaparèixer el tap dins de la noia que gemegava davant seu.

Anhelant veure el seu rostre mentre ella feia servir el tap, la va aixecar amb el que la faldilla va caure en el seu lloc cobrint el seu darrere.

Mentre el mirava amb els ulls humits i la seva rubor brillant en les galtes d'ella.

Li va donar un copet al cul i amb els dits va buscar el tap i per jugar amb ell mentre observava les emocions que li cobrien la cara.

Ell li va somriure a la cara suau mentre s'inclinava per besar els seus tremolosos llavis.

"M'has complagut molt aquest matí, la meva esclava. Però t'aviso que aquest serà un dia força llarg per a tu. Així que, si tens algun pla per a aquesta nit, necessito que ho cancel·li. Pensa en alguna excusa". Ell li va somriure.

"I pots dir-los als teus pares que assistiràs a un sopar de socis comercials amb mi ja que requerirà teus extraordinàries i úniques habilitats"

Ella va escoltar mossegant-se el llavi, posar-se vermell mentre ell jugava amb el tap en el seu cul i el prémer del seu cony davant les seves paraules.

'Ella ho havia complagut!'

Ella estava sorpresa de com això la fa sentir amb el seu petó afegint plaer a la seva alegria.

Va fer un pas endavant per fregar la seva polla, donant-se compte de quant volia sentir-la dins d'ella en lloc de les joguines que la feia servir cada dia.

El adonar-això va fer que les seves galtes cremessin encara més, la seva ment emulant el seu to dominant:

'Tu, petita Susy, t'has convertit en la seva puta'.

Ella no va poder evitar els sentiments d'alegria que tenia a l'complaure a la llum de les decepcions d'ahir.

La vergonya i la humiliació de com ho complaïa la va envair breument.

Ell li va inclinar el cap cap amunt per la barbeta i la va mirar als ulls veient les seves emocions en conflicte, va somriure i la va besar profundament.

Ella es va fondre de nou.

* * *

Es va asseure una mica incòmoda en el seu escriptori i va cridar als seus pares per dir-los que anava a anar a un sopar de treball, a un amic amb el qual havia pensat que podria trobar-se per prendre un cafè després de la feina, i a el nuvi que ja havia posposat per al cap de setmana.

Així que les trucades telefòniques es van acabar ràpidament i ella li va enviar al seu Mestre un missatge instantani per avisar.

Ell la va cridar de tornada a la seva oficina i ella va entrar a l'habitació tancant la porta darrere d'ella i caminant cap al seu escriptori abans d'agenollar per col·locar-se davant d'ell.

La va inspeccionar i va ajustar la seva posició abans de continuar.

Ella va escoltar atentament mentre ell explicava la posició de genolls per als esclaus: Els genolls obertes, les mans darrere de l'esquena, el cap lleugerament inclinat cap a ell i els llavis oberts.

Va explicar la posició asseguda dels esclaus, que era molt similar a agenollar-se, amb la qual ella podia descansar els genolls asseient amb el cul bressolat sobre els talons.

Si li demanessin que es mostrés quan estava de genolls o de peu, entrelazaría les seves mans darrere del seu coll i tiraria dels seus colzes i espatlles cap enrere com ho havia fet abans.

Li va demanar que practiqués això, mitjançant una ordre d'una paraula d'agenollar-se, seure o exhibir-se, mentre li explicava les tasques de la resta dels dies.

Hi hauria un dinar tardà amb alguns amics del seu club a la sala de reunions de la seva oficina.

No se li requeriria cuinar o servir avui, però seria part dels seus deures en altres moments.

Li va advertir severament que no havia de dubtar en obeir les seves ordres avui o que els càstigs superarien amb escreix el que ella va experimentar ahir.

Ella es va estremir i va xiuxiuejar 1:

"Sí, mestre".

"Confiaràs en mi, petita Susy, que de totes les possessions que posseeixo, ets la més preciosa".

Ell la va mirar als ulls i va veure que els seus ulls s'obrien amb confusió.

"Sí esclava, ets de la meva propietat. Ets un tresor preciós i ets meva".

El seu cervell li va cridar:

"Una setmana vaig acceptar, va ser un joc!"

La seva ment donava voltes, "ni tan sols recordava haver expressat el seu acord per a la setmana. Com havia estat d'acord amb això? Estava parlant com si la volgués mantenir com la seva esclava per sempre!"

El seu rostre va mostrar la seva creixent sensació de por moments abans que la seva boca descendís sobre la d'ella en un profund petó apassionat.

Podia sentir la seva anhel, la seva necessitat per ella, el seu amor en aquest petó i es va fondre en la seva ment deixant de qüestionar-ho, recordant a si mateixa que ell havia promès que parlarien a la fin de la setmana.

Trencant el seu petó, es va aixecar i la va deixar agenollada sense alè on estava i es va tornar cap al seu escriptori.

Va col·locar diversos arxius en la vora del seu escriptori, perquè ella els lliurés personalment, i en l'ordre que els havia disposat, a alguns dels executius, així com una llista que detallava una varietat de tasques per a tota l'empresa, inclosa la verificació dels preparatius dels aliments per a la seva dinar.

Ella va assimilar tot el que ell li va explicar i suaument va dir:

"Sí, Mestre", quan ell semblava haver acabat, però es va quedar on era fins que ell li digués el contrari.

Mirant el seu rellotge, va suggerir:

"Serà millor que et preocupis, petita esclava, l'entrenament ha pres més temps del que havia planejat i encara tens molt a fer abans que arribin els meus convidats".

Ell abruptament va tornar al seu treball i ella es va quedar agenollada per un moment confús abans de posar-se dret, prendre els arxius i la llista i tornar al seu escriptori per classificar les tasques i la millor manera de abordar-les.

Ella li va enviar un missatge instantani per fer-li saber de la seva partida de la seva oficina.

"Afanya't llavors esclava. Tens dues hores. No t'entretinguis perquè per cada deu minuts que arribis tard et demanaré comptes"

Va parpellejar aquest missatge de resposta a la pantalla i es va anar precipitada.

Es va trobar amb que els seus nous sabates de taló més alts del normal feien que els seus malucs es balancejaran més, i la faldilla prisada rodés i rebotés amb cada pas.

Va sostenir els arxius en el seu pit perquè les campanes no tintinearan.

Gairebé va volar a les cuines i cap a altres tasques abans de lliurar els arxius per protegir-se el major temps possible.

Somrient i parlant poc mentre anava a revisar les cuines i altres petites tasques fàcils de fer, ella seguia molt conscient de la cadena i el tap que feia servir per a ell, preocupant-se que la calor que sentia constantment entre les seves cames començaria a ser obvi per a qualsevol persona, per tota persona que la veia.

Va revisar el seu rellotge feliç amb el temps que li estava portant i finalment va començar a lliurar personalment els arxius i les notes als executius.

Conscient del que curta que era la seva faldilla i del que prima que era la brusa sobre els seus pits encadenades sense sostenidor, es va posar vermell furiosament quan els ulls dels destinataris dels arxius la recorrien o es demoraven massa en ella.

Intentava mantenir els arxius que li anaven quedant enganxats a el pit, però la majoria de les vegades li demanaven que els deixés a la taula i esperés mentre comprovaven què era el que ella els havia portat.

* * *

Encara que havia anat comprovant constantment el seu rellotge, es va adonar que ja anava a arribar tard de tornada al seu escriptori quan va arribar al seu últim encàrrec, que era al despatx d'Alan Clarkson.

A l'veure a Anne en el seu escriptori somrient-li, Susan es va posar vermell i es va acostar.

"Gràcies pel bell vestit, Anne. Em senti perfectament". Susan gairebé xiuxiuejar.

Anne va riure alegrement.

"Ja veig que bé que et senti! Oh, afecte, em sembla fabulós, tot i que ja imaginava que et sentaria molt bé. 'Déjame dir-li a el Mestre que ets aquí que ell també et voldrà veure!"

"Tinc un arxiu per a ell".

Ella va exclamar, sacsejada a l'adonar-se que Anne també era una esclava.

Susan la va mirar amb ulls més crítics notant la forma en què estava vestida.

"Genial. Així complim dos objectius amb una visita", va fer l'ullet i va tornar a riure mentre teclejava un missatge instantani a la pantalla i esperava una resposta.

Ella va riure de la seva resposta explicant que a ell li agradava l'analogia dels dos objectius.

Sortint de darrere del seu escriptori va prendre a Susan pel braç mentre la portava a l'oficina d'Alan Clarkson.

Alan va sortir de darrere del seu escriptori.

"Dóna'm l'arxiu i m'ho dius a mi mirar-te Susan, afecte".

Ell la mirava com un llop famolenc estenent la seva mà per prendre el fitxer.

Posar-se vermell profundament, li va lliurar l'arxiu.

Ell va emetre un so de "hmm" i la va envoltar.

"Exhíbete, petita Susan".

Els seus ulls es van engrandir i el va mirar a la cara a la recerca d'un acudit, però no va veure cap, així que va ampliar la seva postura i va aixecar les mans cap al clatell darrere del seu coll.

"Ooh campanetes, que encantador. Sabia que a ell li agradaria les 'campanes per a la seva Susan'".

Ell va riure a riallades i li va donar un copet al cul a Anne dient:

"No t'ho vaig dir!"

Sense saber què fer, i sense voler semblar desobedient, abans que aquest Mestre tornés a ocupar el seu lloc mentre ell la mirava, es va quedar quieta.

"Salta Susan, vull escoltar les campanes".

Ella va saltar i ell li va fer un gest amb la mà perquè continués.

Ho va intentar, però els seus salts van ser petits ja que trontollava sobre les seves sabates de taló alt fent una ganyota quan la seva faldilla es va aixecar i va caure mostrant la seva nuesa sota d'ella.

Gairebé va caure en un moment fins que ell va estendre la mà. i la va agafar de el braç per estabilitzar-la.

"Gràcies, senyor Clarkson". Ella va panteixar.

"Saps, Susan, tens els pits juganeres més vistoses que he vist en molt de temps. Hauries de pensar en perforarte els mugrons. Les pits se't veurien encara més desitjables i irresistibles per a la teva Mestre". Alan va dir molt seriosament mentre la estudiava.

Ella va empal·lidir mentre ell parlava.

Ell va haver d'haver vist la mirada en els seus ulls ja que es va tornar ràpidament cap a Anne.

"Treu-te la brusa perquè Susan pugui veure les teves".

Es va girar cap Susan.

"Ella se'ls va fer poc després d'unir-se a la companyia".

Susan va mirar la dona rossa incapaç de mirar als ulls a Alan mentre es posava vermella encara més.

Anne portava una sustentació que no cobria les seves grans pits, sinó que més aviat els sostenia com en una lleixa.

Els seus pits estaven adornaos amb cèrcols daurats, amples i llargs, penjant de les seves mugrons.

Susan es va quedar paralitzada fins que Alan va enganxar el dit en el cèrcol esquerre i el va aixecar, obligant al seu si a estirar-se en forma de con fent que Anne es queixés guturalmente.

Alan es va llepar els llavis i va somriure.

"Està simplement bella, no et sembla Susan?"

"Sí, senyor Clarkson".

"Irresistible com vaig dir, però tots hem de treballar abans de poder jugar". Ell va dirigir el seu somriure contagiós cap a ella i li va fer l'ullet, "Serà millor que corris cap a l'escriptori Susan, el teu Mestre t'estarà esperant, estic segur. Fes-li saber que miraré l'arxiu abans de l'esmorzar d'avui. Ens veiem allà".

Ell va riure entre dents i la va enviar de tornada, tot i sostenint a una Anne queixosa per l'anell d'or.

"Sí, senyor Clarkson", va dir Susan girant-i gairebé fugint de l'oficina, va tancar la porta silenciosament darrere d'ella.

Prenent una respiració profunda per calmar-se, es va afanyar a tornar a el despatx del seu Amo.

No volent aturar-se ni parlar amb ningú a la volta cap al seu escriptori, va caminar amb el cap baix, ocultant la seva vergonya i encorbant per intentar disfressar les seves tintineantes pits.

Va arribar al seu escriptori a una velocitat rècord i li va enviar un missatge instantani per fer-li saber que havia tornat.

L'HABITACIÓ DE CÀSTIGS

Ell la va cridar immediatament.

Es va ficar a la seva oficina i va caure de genolls just davant de la porta.

Posant-se dempeus i caminant cap a ella a l'entrada de la sala, ell va bordar:

"Segueix-me. Arribes tard".

Es va posar de peu d'un salt i va córrer darrere seu a una habitació contigua només uns passos darrere d'ell.

Aquesta habitació tenia una decoració estranya.

Ell es va girar.

"Despulla't, però queda't amb les mitjanes posades".

Ella ràpidament va acatar el crit de les seves ordres, obeint sense pensar, quedant-se nua i tremolant, mentre les campanes de les seves pits dringaven.

La seva atenció es va centrar en ell mentre ho veia obrir un calaix i treure una cotilla blanc.

Passant darrere d'ella, la va embolicar amb la cotilla voltant del seu cos i va començar a lligar-la prement fortament la seva cintura.

Les solapes de copa seguien la corba de les seves juganeres pits i acabaven just a sota de les seves mugrons.

Els petits, durs i encadenats brots de color rosa sobresortien per sobre de la cadena d'or i les campanes, afegint el seu cançoneta als seus gemecs.

Mentrestant, ella romania quieta mirant sense veure la paret per després concentrar-se en les seves mans apreciant la sensació de la cotilla amb què ell l'estava lligant.

Li va donar un copet al cul quan va acabar.

Ella va xisclar de sorpresa més que de dolor quan la va aixecar com una nina i la va llançar, subjectant-la a una biga encoixinada que formava part dels mobles estranys d'aquesta habitació.

Era alta i es va trobar penjant de les cames i patejant la biga per recuperar l'equilibri quan una vegada més va colpejar el seu darrere cap amunt.

Es va allunyar una mica preguntant.

"Què et va portar tant de temps, petita esclava? Has perdut temps perquè tots els executius veiessin el gran puta que ets amb la teva nova roba i accessoris?"

Ella va gemegar, posar-se vermell encara més.

El seu rostre es va posar vermell escarlata quan la mà es va imprimir en el seu darrere.

Ella va sentir que ell es movia i es fregava contra ella mentre els seus dits van obrir les seves natges manoseándola.

Ella el va mirar per sobre de l'espatlla mentre ell mirava el seu darrere i es va posar vermell encara més, la seva humiliació per desagradarlo i la posició vulnerable en la qual estava fent que es doblegués davant les seves paraules.

La seva respiració era dificultosa per la cotilla atapeït pel que va començar a panteixar ia gemegar.

Les mans d'ell van separar les seves natges i va baixar la mirada cap al obstinat joguina, mentre ella tremolava amb el cul estrenyent.

Va passar les mans sobre la seva pell llisa i es va delectar amb el fet que ella era seva per dominar-la i gaudir-ne com desitjava.

Observant la seva lluent cony mullat mentre els seus dits jugaven amb el tap grunyir:

"Puc veure que has gaudit utilitzant això per a mi, petita guineu".

Ell va parlar amb un tall en la seva veu mentre estrenyia lleugerament el tap perquè lentament se li estirés de nou l'anus davant els seus ulls.

Ella va gemegar, gairebé sense alè.

"Sí, Mestre".

Ell va somriure gaudint de la vista i el so d'aquest petit cos perfecte.

La seva música queixosa a les orelles mentre li treia el tap, observant lentament l'anell del seu anus obrir-se i estrènyer lentament com una estrella fosca i atapeïda.

Es va burlar una vegada més d'ella amb el seu dit:

"Cada part teva és meva, petita esclava! Res està fora dels límits de la teva Amo".

El seu dit va empènyer dins d'ella escoltant-cridar en resposta a ell.

Podia sentir la seva fam per ell tot just controlada, de manera que va allunyar la mà i es va allunyar d'ella grunyint:

"Entens que necessito castigar la teva tardança ara, oi?"

"Si senyor."

Va sentir la picada al cul, no tan forta com ahir, però prou com per fer-la exclamar i perdre l'equilibri en la biga altra vegada mentre s'espolsava i gronxava.

Podia sentir el verdugón, un formigueig cremant en la seva carn i va començar a deixar anar disculpes i excuses.

La va silenciar amb un altre cop punxant d'un fuet.

Continuant mentre els seus dits recorrien els dos rivets.

"Has d'haver estat perdent el temps, ja que vas arribar quaranta-cinc minuts tard".

El fuet la va colpejar novament dues vegades seguides i ella va xisclar i es va treure sobre la biga.

"I pels cinc minuts addicionals ..."

Ell fuet va aterrar amb duresa en les seves cuixes.

Va gemegar amb llàgrimes que entelaven la cara quan les faves punxants van irradiar un dolor ardent en el seu cos.

Podia veure el seu cony brillant d'humitat, així que va moure el fuet entre les seves cames fregant la punta plana de cuir sobre el seu clítoris.

Ella va panteixar i es va sacsejar.

Ell va continuar jugant amb ella apropant forçant un dit cap a la seva posterior mentre ella tremolava i gemegava amb els malucs balancejant entre la mà i el fuet atapeït contra el seu clítoris inflat.

Ell va començar a bombar el seu dit més fort en ella afegint un segon dit mentre ella es resistia i miolava en la seva necessitat.

Ella es va venir explosivament gairebé caient de la biga, però la mà d'ell es va clavar en el seu darrere.

"Quina puta tan entremaliada ets, no? Com t'agrada el dolor"

Ell va retirar els dits d'ella mentre observava el seu cos estremir amb espasmes.

"Has d'esperar fins que el teu Amo et digui quan et pots córrer, esclava"

El fuet va mossegar la seva carn un cop més i ella va cridar.

"M'entens, esclava?"

"Si senyor."

Ella va udolar quan el fuet li va enviar un dolor molt ardent als seus cuixes novament.

Va sentir més que va veure la petita tira elàstica de tela que ell li ficava per les seves cames i s'acomodava al voltant dels seus malucs abans que ell l'apartés de la biga i la aixequés sobre cames tremoloses.

Va mirar cap a baix, la tira de material estava feta prou ampla com per cobrir el seu sexe i a el principi va pensar que podria ser com un cinturó.

"Esclava d'exhibició", va dir ell mentre portava les mans a la cintura i eixamplant i ajustant la postura de les cuixes i el cul amb cada moviment.

Ella es donava ara adonar que era una mena de faldilla per exhibir-la.

Es va apropar a un armari i va treure un parell de sabates de taló blancs, col·locant-los als seus peus perquè se'ls posés.

Ell la va envoltar, els seus dits traçant sobre les línies vermelles rivetejades que es veien sota de la cridanera faldilla.

"Mai no has vist més Susan que ara, Susy".

Es va inclinar besant les petjades de llàgrimes sota dels seus ulls encara aquosos, parlant suaument.

"Mmm, la meva petita guineu, m'encanta veure els teus demostracions d'ansietat, però estem esperant convidats, així que veu a l'bany privat a la segona porta a la dreta. Allà trobaràs el teu marques de maquillatge habituals. Arregla la teva cara i el teu cabell".

Li va estendre una cinta recoberta d'or.

"Posa't aquesta cinta. Sense perfum. I torna al meu escriptori".

Va entrar al bany i es va aturar davant el mirall de cos sencer.

"Qui és aquesta noia?" va pensar. "Què li havia passat a la 'bona noia' que havia estat tota la seva vida? Com s'havia convertit en la puta que veia al mirall?"

Es va moure i es va retorçar a l'notar que la faldilla no cobria el seu cony o cul en absolut, sinó que ressaltava les seves faves i la seva constant estat d'excitació.

"És un joc" va pensar, sabent en el seu cap que estava molt més enllà d'un joc i que tot el que podia fer era esperar fins al final de la setmana.

"A la fi de la setmana, què passaria llavors?"

Les seves preguntes silencioses es van aturar, mentre pensava en aquesta qüestió.

"Respira", es va dir a si mateixa, "Només respira i obeeix".

Es va alliberar de les seves constants preguntes i va tornar a aplicar el seu maquillatge a la cara.

Es va recollir els cabells ondulat en una cua atapeïda i va tornar a caminar cap al mirall de cos sencer.

"Respira, només respira i obeeix". Ella es va repetir.

Fent un últim cop d'ull i respirant lentament, va tornar cap a ell caminant cap a la seva escriptori i s'agenollà davant de Jesús com li havia ensenyat.

La va observar caminar amb les galtes arrodonides de la seva cul deliciosament exposades, les faves es mostraven vermelles i furioses mentre caminava amb cura sobre els talons fent que els seus malucs es balancejaran com una puta disposada per al plaer.

"És meva" es va dir gairebé incrèdul.

El seu entrenament havia progressat tan bé aquesta setmana; millor del que ell podria haver esperat.

Cada obstacle que ell va posar semblava superar amb relativa facilitat.

Constantment li preocupava que fos massa ràpid, ella gairebé va fugir ahir, i havia vist por en els seus ulls avui al matí, però a la fi sempre havia obeït.

La seva submissió gairebé havia estat criada en ella per la combinació del seu pare dominant i la seva mare de naturalesa dolça.

L'havia desitjat per tant de temps.

Descobrir la seva ànsia de dolor eròtic només va alimentar el seu desig de dominar-la.

No volia deixar-la anar a la fin de la setmana, tot i que sabia que podia obligar-la a seguir sent esclava per xantatge o coacció, sabia que aquest tipus de relació mai compliria els seus desitjos.

Necessitava un vincle de confiança i amor mutu, perquè ella desitgés el seu domini com ell desitjava la seva submissió total.

La va mirar durant llargs moments mentre ella estava agenollada davant seu.

Hi havia treballat dur per arribar a aquest punt en la seva vida.

Tenia la seva pròpia companyia i el seu club que alimentaven els seus desitjos més foscos de dominar i controlar tot en la seva vida.

Tenia una esposa, una família i una llar, l'enveja de molts, però mai tot això havia estat suficient.

Podia tenir a qualsevol esclava a la companyia o al club, i havia fet servir molts d'elles en alguna ocasió.

Però hi havia buscat a la qual podia posseir i estimar el mateix temps, una cosa que sempre se li havia eludit.

Ell la va mirar als brillants ulls verds.

Susan era diferent, el seu desig era que ella fos molt més que un cos per usar i abusar a voluntat.

Volia posseir, controlar i tenir cura de la petita noia, dominar cada part de la seva vida i mostrar-li com de profund pot ser l'amor d'una esclava i un Amo.

Que diferent de la de marit i dona, o amants, sinó que era molt més profunda i de confiança.

Prenent una cinta de vellut blanc del seu escriptori, es va inclinar cap endavant per besar-profundament.

Mentre va col·locar la cinta en el seu lloc al voltant del seu coll.

Ella es va sobresaltar quan va escoltar l'espetec de el clip tancant com un collaret atapeïda.

Les seves mans van continuar acariciant mentre el petó es demorava.

Ell li va acariciar les seves espatlles i va baixar pel seu pit, per pessigar els petits brots durs sacsejant per escoltar el so de les campanes i el gemec d'ella en el seu petó.

Trencant el petó, es va posar dret acostant cap a ell pels seus mugrons.

"Els nostres convidats arribaran aviat, vine meva petita esclava".

La va portar a la sala de reunions i la va empènyer davant d'ell, simplement va dir:

"Posa't enllà".

Ell la va observar mentre ella es mossegava el llavi i mirava la quantitat de cadires.

Es va apropar a la capçalera de la taula ovalada i es va agenollar a terra al costat del que va pensar que seria la cadira d'ell.

"Molt bé, la meva petita esclava que de coses has après bé avui".

REUNIÓ AMB ELS AMOS

El personal de la cuina havia arribat amb el menjar i estaven ocupats en la petita cuina preparant els últims detalls de l'banquet.

Mentrestant, el seu Amo prenia una cadira de grans dimensions i li indicava que s'assegués al seu costat assenyalant un lloc al pis.

Ella va fer una ganyota quan va prendre el seu lloc i va escoltar mentre ell li parlava suaument:

"Els homes que vénen avui són alguns dels meus amics més antics. Ells també són Amos i portaran als seus esclaves amb ells".

Ell la va observar mentre ella assimilava les seves paraules i després va continuar:

"Les obeiràs com em obedecerías a mi. Però no deixaré que et perjudiqui, petita Susy".

Ella es va mossegar el llavi, les faves que decoraven el seu darrere i les seves cames encara palpitaven amb l'evidència del que succeiria si ella li decebia.

Va aixecar la vista quan ell va callar, i mirant-lo als ulls, va xiuxiuejar:

"Sí, Amo".

Estava a punt de preguntar alguna cosa més sobre els seus convidats quan un home que sostenia a una noia amb una corretja va entrar a l'oficina.

Ell va somriure càlidament, estendre una mà agafant la de Robert i la va sacsejar fermament.

"Som els primers a arribar?"

"De fet, Steve, així és. M'alegro de veure't". Va baixar la mirada i va preguntar: "I com estàs avui, Shaky?"

Susan es va sorprendre quan la noia va respondre amb un "Hiip", com el so d'un gos petit i es va retorçar quan ell li va donar uns copets al cap.

Susan la va mirar amb més atenció a l'adonar-se que portava un collaret de cuir vermell amb la paraula 'gossa', escrita amb diamants, per davant.

Susan estava admirant el vestit d'encaix que portava l'esclava quan va escoltar el seu nom i va aixecar la vista, posar-se vermell, quan l'altre Estimo la va saludar.

"Molt de gust senyor", li va sortir amb una veu ben cridanera mentre es posava vermella encara més profundament, molt conscient del exposada que se sentia.

La seva atenció va tornar a la porta quan va escoltar la forta riure d'Alan Clarkson, qui va entrar amb un home idèntic a l'home que acabava de saludar-la.

Susan va mirar d'un a un altre seu cap girant mentre observava als dos amos bessons.

Atordida, va trigar un moment en adonar-se que una esvelta noia seguia en silenci darrere de el parell Amos que reien.

El que havia entrat amb Alan era el Amo John, germà bessó de Steve, seguit per una noia esvelta, la seva esclava Samantha.

Per descomptat, també anava darrere Anne, que va somriure i li va fer l'ullet.

Els dos últims membres de el grup van arribar amb les seves noies en qüestió de minuts.

Susan es va asseure en silenci intentant no cridar l'atenció mentre els homes es saludaven entre ells ia les noies.

Ella va inclinar el cap i va somriure quan va ser saludat, ja que no confiava en la veu cridanera que havia saludat el primer Amo

Per això es va mantenir en silenci en el seu nerviosisme.

Tots es van traslladar a la sala de reunions, a la qual el talentós personal de cuina li havia donat l'ambient d'un vell menjador.

Susan va estudiar als últims convidats.

El Amo Barry era un home corpulent, vestit més informal que els altres Amos, ja que anava en texans i una jaqueta que semblaven estranys en contrast amb els vestits finament elaborats dels altres amos.

El seguia Cinthia, una rossa alta i de constitució atlètica els músculs semblaven ondular amb cada moviment.

L'últim parell era el de l'Amo James, un cavaller major amb ulls blaus brillants que era seguit per Amy, una noia grassoneta amb una boca de petita que la feia semblar un àngel de cupido.

Totes les noies es van asseure com ella a la banda de les cadires dels seus respectius amos quan els cambrers van entrar amb vi i menjar per al primer plat.

La mà del seu Amo la va alimentar amb petits mossos del seu plat i ella es va delectar amb el sabor de la rica menjar.

Va observar a les altres noies mentre els Amos parlaven de negocis i amics mutus.

Anne estava inclinada amb els seus braços al voltant de la cama del seu Amo, Shaky semblava arraulir sobre els peus de el seu, Amy havia descansat el seu cap sobre la cuixa del seu Amo i Cinthia semblava gairebé sacsejar la seva cua de cavall amb petits moviments del seu cap.

Anne li va cridar l'atenció i li va fer l'ullet.

"Necessitem una campana de servei aquí Robert, ¿on són aquests cambrers?" Es va queixar l'Amo James.

"Potser podríem sacsejar a Susan al seu lloc" Alan va riure.

Els ulls dels Amos grans es van il·luminar davant la perspectiva i després arrufar les celles.

"Una noia tan baixeta que dubto que pugui fer prou soroll".

Robert va riure afablement.

Alguna vegada deixes de queixar-te, James? "

"Podria fer-ho si li dones una sacsejada a aquesta petita noia teva".

Susan va veure com el seu Amo s'ajupia i tirava de la cadena entre els seus mugrons i la sacsejava fent sonar les campanes dolçament.

"Suposo que tenies raó, James, no fa molt soroll".

Després de dir això, la seva mà va carregar amb la velocitat de l'raig colpejant la seva teta dreta fent que cridés més sorpresa que dolor.

"Va ser això millor?"

"Això va ser tot just més que un grinyol".

James va somriure i els seus ulls blaus van brillar cap a ella.

Com si hagués estat a una resposta de l'anomenat grinyol, van aparèixer els cambrers i van retirar els plats reemplaçant amb menjar més sumptuosa.

Els Amos van tornar a parlar de negocis mentre que una vegada més Susan es va dedicar a estudiar a les noies.

Es va preguntar si van triar ser esclaves o si, com ella, van quedar atrapades en aquesta situació.

Però ella estava atrapada?

A el principi potser, però ara no estava molt segura d'això.

Potser li estava començant a agradar més que res.

Va mirar al seu voltant novament a el grup i va sacsejar el cap.

Això gairebé no semblava real.

La normalitat de seure i rebre petits mossos amb la mà de l'plat de les seves Amos com si això es fes cada dia.

¿Potser havia quedat tan atrapada en aquest joc que ja no considerava la seva esclavitud com una cosa dolenta?

Els seus pensaments corrien per la seva ment mentre obedientment obria i tancava la boca per a un altre mos.

Es va preguntar si les afectacions de les noies eren part de la seva pròpia personalitat o si havien estat modelades a la voluntat dels seus amos.

I es va preguntar també com la devien mirar aquestes noies, amb la seva constant vergonya i ingenuïtat,

Podrien dir que no era una veritable esclava?

Perduda en els seus propis pensaments, no hi havia estat escoltant les converses dels Amos i es va sorprendre quan els altres Amos van començar a aixecar-se i van sortir de l'habitació deixant a les noies soles.

Va aixecar la vista amb curiositat cap al seu Amo quan ell també es va aixecar.

Ell es va ajupir i li va acariciar el cabell suaument.

"Retorn aviat petita".

Ella va assentir lleument i els va observar marxar.

Tan aviat com la porta es va tancar, la grassoneta Amy es va aixecar i va examinar la taula abans de lliscar al seient buit del seu Amo i aixecar la seva copa de vi gairebé plena fins als seus llavis diminuts.

Samantha va posar els ulls en blanc.

"Ets una mocosa, Amy, és millor que no deixis que t'atrapin allà".

"Dóna-li un respir, Samantha, tu no ets la noia més antiga aquí". Shaky va intervenir: "Amy sempre és una mocosa que no canviarà, a més, hem de divertir-nos amb la nova noia". Ella va llançar un somriure amb dents en direcció a Susan. "Has de explicar-nos encantadora Susan, com atrapaste a l'esquiu Amo Robert".

Ella s'havia arrossegat més a prop d'ella i es va ficar al llit cap per avall amb les mans recolzant la barbeta mentre esperava una resposta.

Com podria dir-los a aquestes noies que va ser atrapada?

Que no sabia res sobre l'esclavitud i que això havia començat com un joc per a ella.

Els pensaments de Susan s'acceleraven i es va posar vermell profundament quan les noies se la van quedar van mirar esperant una resposta.

Samantha la va rescatar:

"No crec que Susan tingués alguna idea de tot això, afecte".

Susan va sacsejar el cap baixant els ulls.

I Samantha va continuar xiuxiuejant conspiradoramente a les altres:

"Mai havia estat una esclava abans d'aquesta setmana". Es va tornar cap a Susan i li va dirigir un somriure tranquil·litzador, "no et preocupis afecte, aquestes noies realment no van a divertir-se amb tu. Deixem això als Amos". Ella va riure.

"De cap manera! És això cert?" Shaky mirar a Susan a la cara amb àvida curiositat.

Amy també es va acostar, "Bé, bé, una dolça noia innocent, qui hagués pensat que això era el que l'Amo Robert estava buscant, sorprèn saber els seus gustos".

Susan va tractar d'evitar la seva pròpia sorpresa mentre parlaven d'ella, però podia sentir la calor de la vergonya omplint les seves galtes.

Amy va continuar: "El teu Amo mai ha pres una esclava com a seva abans. Creus que et mantindrà?"

Susan va aixecar la vista amb els ulls molt oberts i va xisclar:

"¿Mantenir-me?" ella va sacsejar el cap, "Vaig pensar que anava a ser un joc divertit, però ara tot està confús en la meva ment. Amb tots vostès aquí, sembla el més normal de món, però no sé realment què estic fent la major part de el temps".

"Oh, calla afecte, tot està bé". Samantha va dir amb una picada d'ullet: "T'he observat tota la setmana i estàs més increïble cada dia que passa".

Shaky va somriure. "Realment ets una principiant, no! Doncs que sàpigues que, si t'ha deixat conèixer a tots els nostres Amos, és que crec que planeja mantenir-te prop per un temps". Shaky va llepar la galta de Susan fent-la riure, "I seria bo el tenir una nova companya de jocs, o és que prefereixes a Samantha?"

Amy va abaixar la vista de la taula i va arrugar els llavis:

"Hi ha moltes esclaves al club que han estat patint per portar el collaret de l'Amo Robert. Si decideix quedar-amb tu, hauríem de poder escoltar els crits de lament de totes elles." Ella va riure aplaudint i prenent un altre glop de vi del seu Amo. "M'encantaria veure algunes de les seves cares quan s'assabentin".

"Suposo que el que volen dir les noies és que sembla que l'Amo Robert planeja mantenir-te amb ell". Anne es va aturar a l'veure l'ansietat en els ulls de Susan. "T'agrada ser la seva esclava, oi?"

Susan es va sorprendre per la pregunta.

Li agradava?

Es va mossegar el llavi mentre pensava en això.

S'havia estat dient a si mateixa que era una bona noia forçada a l'esclavitud, però ¿com podia dir-li això a aquestes noies?

Volia desesperadament preguntar com es van convertir en esclaves.

¿Van tenir l'opció de decidir si estaven ... d'acord? "

Cinthia va moure la seva cua de cavall, va esbufegar lleugerament i va decantar el cap.

Amy va lliscar cap a terra assenyalant amb el dit a Cinthia i xiuxiuejant:

"No sé com fa això!"

Un moment després, la porta es va obrir i van arribar els cambrers per netejar la taula.

Cadascuna de les noies va romandre en silenci en el lloc mentre els cambrers treballaven ràpidament per omplir la taula amb fruites i formatges i les van deixar soles un cop més.

De nou, totes les altres noies van mirar a Susan tot esperant algun tipus de resposta.

"No sé el que estic fent i molt menys el que vull", va dir Susan amb tristesa. "Això és diferent a tot el que he experimentat abans. Totes vostès semblen tan agradables, tan, umm. Normals!" Cinthia va esbufegar i va aixecar una cella. "Bé, ja saps el que vull dir, per al món normal, l'estereotip d'una esclava sexual és ...", va buscar la paraula correcta.

Rendint, ella va arronsar les espatlles.

"Oh, està bé nina", Anne va sortir en defensa seva. "Coneixem l'estereotip, però mantingues els ulls i la ment oberts a tot el que veus i sents i et donaràs compte de que no hi ha res normal en tot aquest món.

Pensa en el sexe com un gelat, si a tots els agradés la vainilla , quin món tan avorrit seria ".

Amy va posar els ulls en blanc i després va assentir cap Susan.

"El gelat és una analogia vella i enganxosa, però funciona. A la gent li agraden diferents coses, menjar, actuacions, roba i sexe. Diria que has de decidir per tu mateixa, però crec que aquesta decisió va ser ja presa per tu".

Susan es va mossegar el llavi i estava a punt de protestar que tenia un dia més per decidir, però el seu sistema d'alerta primerenca, Cinthia, els va fer tornar al seu lloc just quan els Amos tornaven als seus seients i parlaven jovialment sobre assumptes de el club i coneguts mutus.

Després del que van semblar hores, però probablement no va ser més d'una, Amy va sufocar un badall sense gaire èxit i va cridar l'atenció de la taula.

El Amo James va mirar cap avall, "Bé, això és el que obtens per quedar-te desperta més enllà de la teva hora de dormir, nena".

Va mirar cap amunt fent una olla i va començar a protestar, "Però ..."

Una mirada severa del seu Amo va congelar la seva llengua i es va disculpar i es va agenollar posant-se més recta.

James després va somriure i va regirar les seves rínxols

"Per què no li preguntes a l'Amo Robert si pots jugar amb les campanes de Susan per mantenir ocupada per una mica més de temps i després ja et portaré a casa, petita?"

La entremaliadura brillava en els seus ulls quan es va posar dempeus i tan dolçament es va tornar cap a Robert dient-li.

"Oh, per favor, Amo Robert, puc? Són unes campanetes tan boniques i vostè té una esclava tan bonica".

"Com podria dir-li que no a una noia tan dolça?" Robert va somriure.

"Gràcies Amo Robert, gràcies!" Amy bombolleig i va desaparèixer sota la taula per arrossegar cap a Susan.

"Sembla que ara està desperta". Alan va deixar anar una riallada quan Shaky va donar un crit emocionat i es va calmar amb una tirada ràpid de la seva corretja.

"Sembla que totes volen jugar amb la noia nova". Barry va murmurar.

Robert li va somriure.

"No puc dir que les culpo, m'agrada molt jugar amb ella".

Això va ser rebut amb moltes rialles i es va trobar una vegada més posar-se vermell furiosament sota l'escrutini de la sala.

Amy estava feliçment asseguda al seu costat jugant amb els mugrons de Susan i fent sonar les campanes en diversos tempos mentre la conversa continuava al seu voltant.

Va sentir que el seu Amo jugava amb la seva cua de cavall i la va mirar als ulls penetrants.

Se li va tallar la respiració i els seus propis ulls es van obrir de bat a bat quan va sentir que la boca d'Amy s'estrenyia al voltant del seu mugró.

Mentre tocava les campanes amb els seus dits, la seva llengua la movia sobre la seva dur punt rosa.

Els ulls del seu Amo van brillar i van arrugar les cantonades en un somriure que no es va trobar només a la boca.

"Sembla que la meva noia està massa excitada com de costum, serà millor que la porti a casa o estarà massa nerviosa per dormir de nou. Anem, noia, anem a portar-te a casa". El Amo James es va posar dempeus mentre parlava.

Amy va el cap enrere i va deixar anar el mugró que havia estat alletant amb un fort esclat.

Mirant cap amunt, suaument va preguntar:

"Puc besar per acomiadar-me?"

"Sí nena. Després dóna-li les gràcies a l'Amo Robert i ens anirem".

Amy va col·locar una mà a la galta i l'altra al coll de Susan sostenint al seu lloc mentre pressionava els seus llavis contra els d'ella.

Susan va sentir la llengua insistent i va separar mansament seus llavis quan la grassoneta la va besar suau però profundament explorant la seva boca amb una llengua revoloteante deixant a Susan sense alè a la fi de l'petó.

"Adéu, la meva nova amiga, espero que ens veiem moltes vegades més. Has de venir a una cita per jugar, tinc moltes joguines genials!" Ella ploriqueig quan el seu Amo es va aclarir la gola i es va posar dempeus, "Gràcies per deixar-me jugar amb Susan Amo Robert".

"De res, afecte, dorm bé. La teva vell i rondinaire Amo es veu demacrat".

Amy va posar la seva cara innocent més seductora, "Creus això?" Va mirar al seu Amo de cap a peus, "Potser hauria de treure el meu kit d'infermeres quan arribem a casa meva i donar-li una revisió".

"Oh, crec que això és definitivament el que necessita, estimada. Ara ves i vagin a casa".

James va gemegar, "Gràcies per això el meu amic, potser la propera vegada pugui omplir el cap de Susan amb tasques per mantenir ocupat".

Amy va somriure i es va tornar cap a la taula, "Adéu Amos i noies".

Després va prendre la mà del seu Amo i va procedir a treure'l de la sala mentre ell deia adéu.

Steve va riure dient en veu baixa a John:

"Oh, crec que serà una altra nit memorable per a aquesta mocosa descarada".

John va riure entre dents.

"Tret que James decideixi assotar al llarg viatge a casa".

"Cinthia i jo també hauríem d'estar en camí ja, vull anar a el club de munta i tenim molta preparació per fer". Barry va retrunyir en el seu profund to baríton.

Robert es va posar dret i va somriure.

"Ah sí, és clar. Va ser una sort que estiguessis a la ciutat per a la nostra reunió. Gràcies per venir Barry".

Robert va caminar cap a la porta de la sala abans de tornar-se i indicar als altres:

"Per què no ens movem a les cadires més còmodes a mesura que s'acosta la nit? La vista és bastant bona allà".

Els Amos es van aixecar i els van seguir amb les seves noies darrere.

Anne va empènyer a Susan perquè es mogués.

Havia estat observant a Cinthia i el seu caminar amb les cames llargues quan la referència a el club de muntanya finalment va fer clic en la seva ment.

Va mirar més críticament a les altres noies que tractant de veure les seves qualitats, per dir-ho.

Shaky era una adorable cadelleta i Anne era una noia exuberant, sexy, però Samantha la confonia.

Susan es va quedar perplexa a l'veure la noia caminar, era tan graciosa com si fos una ballarina.

Susan un cop més es va sentir fora del seu lloc, no hi havia res especial en ella i tenia molt a aprendre.

Es va adonar que mai podria ser especial com aquestes noies i que el seu Amo només havia estat jugant amb ella.

Amb això es va adonar que ell no ho faria, no podria mantenir-la com la seva esclava si no tenia una qualitat especial.

Va sentir una onada d'alleujament en ella ja que no hauria de decidir per si mateixa.

Però ràpidament la sensació va ser seguida d'una punxada de tristesa.

Es va mossegar el llavi perduda en els seus pensaments, seguint al seu Amo fins a la seva cadira i asseient al seu costat.

Ella es va treure de nou els pensaments del cap quan el seu Amo va embolicar la seva mà en la seva cua de cavall una vegada més i el va mirar.

"Ei John, fes que la teva noia em serveixi, germà, aquesta esclava és inútil amb qualsevol cosa que no vingui en una ampolla o llauna".

Steve li va donar un cop de colze a Shaky amb el peu i ella li va grunyir suaument, el que li va fer arrufar el nas.

Amb un moviment de cap del seu Amo, Samantha es va moure cap a l'Amo Steve amb els seus peus ballant.

Ella va pressionar el seu cos contra ell llepant seu coll fins a la seva orella, rosegant suaument i roncant:

"Estimo, què vol que li aconsegueixi aquesta esclava aquesta nit?"

"Un whisky escocès si us plau, encantadora".

Samantha es va desplegar del seu cos, girant sobre les puntes dels seus peus i ella va lliscar com patinant cap a la cuina.

Va netejar un got nou i es va girar lleugerament per oferir als observadors una vista de el contorn sensual i corb del seu cos mentre lliscava la vora de l'got cap amunt i sobre la inflor dels seus pits, tremolant i respirant profundament.

Susan la mirava fascinada.

Anne va omplir el got fins a la meitat abans d'obrir la porta de congelador deixant que l'aire fred l'emboliqués.

Aquest aire va fer endurir els seus mugrons, deixant veure clarament les seves puntes punxegudes sota la fina peça de seda que portava.

Va agafar gel i el va deixar caure en el got amb un dring agut.

Va tancar la porta de congelador amb un moviment de maluc i es va cap enrere, sacsejant el cap i fent que el seu cabell caigués en una onada de seda fosca.

Ella es va tornar cap al Amo, els seus pits van fregar el seu braç, i aixecant el got als seus llavis primer, per besar la vora, ronc:

"El seu whisky, Amo Steve, aquesta esclava espera que el seu servei li hagi complagut".

"Servei exquisit com sempre, i alguna cosa dolça. Ara torna al teu Amo abans que oblidi a qui pertanys ".

Susan estava sorpresa de com Samantha va fer de servir una copa semblés tan sensual.

Es va trobar amb ganes de poder fer això i va aixecar la vista per veure la reacció del seu Amo només per trobar-observant-atentament.

Els seus pensaments van saltar al seu cap.

Seria tan graciosa per complaure-?

Potser ella podria aprendre a ser tan elegant i atractiva, i potser llavors l'Amo voldria quedar-se amb ella.

Ella s'havia convençut que la enviaria lluny després que acabés la setmana.

A l'veure atrapada en el seu pensament cap a endavant, va tornar a preguntar: "¿Era aquesta la vida que volia, que fos posseïda com esclava, que li negava la seva llibertat d'elecció a l'obeir totes les seves ordres? ¿Podia aprendre a ser especial d'una manera que ho fes complaure?"

El seu desig de complaure-un cop més va ofegar totes les seves altres preguntes i va tornar a prestar atenció als Amos que continuaven fent broma mentre la tarda s'acabava i el cel es tornava negre com la tinta.

Els Amos bessons van rebutjar altres begudes al·legant que tenien un compromís al club aquesta nit, i Alan també va declarar que estava amb ganes de visitar el club i veure el que hi havia a exhibició.

Robert es va negar a afegir-s'hi al·legant que encara tenia feina d'atendre.

Es va posar de peu per caminar fins a la porta de la reunió xerrant amigablement i Susan li va seguir en silenci agraint a Anne per tot el seu suport durant la llarga tarda i nit.

"Ah afecte, no va ser res, tots hem estat nous en algun moment en aquest estil de vida".

Besant a Susan a la galta, Anne va seguir a Alan a l'ascensor.

Quan l'elevador finalment es va tancar, Robert es va girar i va tornar a l'oficina, segur que ella ho seguiria.

Quan ella es va agenollar davant seu, seient sobre els seus talons, ell es va inclinar cap endavant per acariciar la galta.

"Estic molt content amb la teva actuació avui, noia".

Es va inclinar per besar-profundament i ella va sentir papallones voletejant en la seva panxa i una emoció va recórrer la seva columna vertebral.

Estava content!

L'alegria que sentia era palpable combinada amb el seu petó.

No pensava en res més que en com les seves paraules i el seu tacte la feien sentir.

"Ara que ens hem assegurat que tinguis la nit lliure, jugarem un joc Susy. Sé com t'agraden els jocs". Ell li va somriure amb un somriure de complicitat.

"Si senyor." Ella va xiuxiuejar.

Hi havia esperat que amb la desaparició dels convidats se li permetés anar a casa i relaxar-se.

Havia estat un dia molt llarg i estava molt confosa, amb tots els seus pensaments enredats en la seva ment.

Ell va continuar:

"Cada un podem fer tres preguntes sobre aquesta nit. Pots preguntar-me qualsevol cosa que vulguis saber sobre els nostres convidats i la tarda. Et faré preguntes sobre el que espero que hagis après. I com sempre, si no estic satisfet amb les teves respostes hi haurà conseqüències" .

Es va retorçar sabent que no prestava prou atenció als petits detalls i la seva ment divagava sovint,

Hi hauria d'haver pressentit que hi hauria una prova, ell sempre l'estava provant d'alguna manera.

Però ella va assentir i va xiuxiuejar:

"Sí, Amo".

"Bé llavors, ara comencem, dóna'm el nom de cada convidat i la seva serventa".

Va respirar fondo, i amb un tremolor en la seva veu va començar:

"Alan Clarkson i la seva esclava Anne, Steve Goodman i la seva esclava Shaky, John Goodman i la seva esclava Samantha, James Smith i la seva esclava Amy, i Barry Collins i la seva noia Cinthia".

Es va mossegar el llavi, sense haver estat presentada formalment, havia escoltat els noms i unir els cognoms pel seu coneixement pràctic de les notes i correus electrònics que els havia enviat com el seu assistent.

"Molt impressionant", va somriure, "però em temo que com a esclava, que era el teu únic paper aquesta nit, cadascun hauria de ser tractat com Amo seguit del seu primer nom". donar uns copets la falda quan va veure caure el seu llavi inferior, "Sobre la meva falda, petita Susy".

Les faves doloroses que l'havien marcat com una puta a el principi de el dia s'havien esvaït feia molt de temps.

Va passar la seva mà sobre el seu darrere cap amunt suaument abans de copejar amb força i veure com l'empremta de la mà començava a brillar rosa a la pell suau.

Ella es va mossegar el llavi gemegant mentre movia les cames.

Mentrestant, la mà d'ell descendia quatre vegades més, una per a cada un dels Amos que havien assistit a l'esmorzar tardà.

Algunes llàgrimes s'havien vessat en les seves galtes, més per decebre que pels cops, quan ell li va tocar el cul i va suggerir:

"El teu torn".

Ella va pensar i va preguntar:

"Cadascuna de les noies era especial d'una manera única, com Shaky era una noia cadell, ¿estan entrenades per ser així per les seves Amos o és així com són naturalment?"

"Algunes esclaves tenen predilecció per un determinat paper i seran preses per un Amo i entrenades per als seus desitjos i necessitats". Va fer una pausa per un moment abans de continuar, "Alguns Amos prefereixen un llenç en blanc i prendran a una noia i la modelaran al seu gust. No obstant això, per qualsevol de les dues possibilitats, la noia ha de tenir una submissió natural. Forçar la esclavitud a una noia no sempre resulta tan bé com a un Amo li agradaria ".

La seva ment va fer un tomb.

¿No estava sent forçada?

Hi havia començat com un joc.

Ella havia acceptat ser seva i obeir-per complet durant una setmana.

Va admetre que no s'havia vist obligada a acceptar-ho, però en realitat no sabia el que estava acceptant.

La mà que acariciava el seu darrere es va aturar quan ell va començar a parlar i ella va escoltar atentament la seva següent pregunta.

"De les sis noies aquí aquesta nit, explica m de cadascuna d'elles talents especials com les vas veure".

Sabia que només hi havia cinc noies, però no li agradava corregir mentre estava en una posició tan vulnerable, així que va començar:

"Shaky és molt semblant a un cadell. Crec que Cinthia és un poni. Amy és molt infantil. Anne és una teton bomba rossa. Samantha em va desconcertar, però crec que és una ballarina i que es mou amb molta gràcia".

Ella va girar el cap per mirar-lo amb esperança.

Va colpejar el seu darrere amb força dues vegades.

"Anne, com tu, la meva petita Susy, està excitada pel dolor d'una manera que la majoria de les esclaves no gaudeix. Samantha, per exemple, no s'excita pel dolor o el càstig en absolut. El seu plaer prové de complaure seu Amo. I brilla en la forma en què serveix, ballant. el seu Amo segueix l'estil de vida dels orientals ". La seva mà va planar de nou i va aixecar una cella, "i la sisena?"

Es va mossegar el llavi amb les celles arrufades mentre la seva ment corria intentant esbrinar a qui havia estranyat en la seva resposta.

Ella va observar el seu somriure mentre la seva mà descendia de nou.

Ella va cridar i va deixar anar:

"No entenc ja que només hi havia cinc noies".

La va colpejar de nou quan va respondre:

"Oblidat a l'esclava més important, La meva!" La seva mà va baixar novament per marcar el seu punt. "Estaves allà, no?"

Ella es va girar i va cridar:

"Sí, Amo, però no sóc especial, no tinc cap talent especial".

Ella va abaixar el cap deixant caure les llàgrimes.

El seu cor va fer un salt, ella realment era tan innocent i ingènua, tan especial en la seva necessitat de complaure i servir que suportava totes les demandes que ell li havia fet i acceptava els seus càstigs gairebé voluntàriament.

Ella era, amb el seu rubor i dolç disposició, l'epítom d'una ingènua i ni tan sols es donava compte.

El seu dolç princeseta en públic i la seva puta amant de el dolor en privat quan ell ho desitjava.

"¿No t'he dit en tota la setmana que ets especial? Què és especial el meu desig per tu i la necessitat de ser amo de tu? Havent conegut a alguns dels meus amics, creus que els presentaria a una esclava que no era especial? " Gairebé va rugir l'últim, fent-la tremolar i la seva ment trontollant a confusió.

Susan gemegar.

"Sí Amo, vull dir no Amo, Oh ..." va cridar, "No sé a què em refereixo".

La seva mà va continuar descendint sobre el seu cul ara vermell fent-la gemegar més, la calor recorrent el seu cos mentre la castigava li va fer fregar la seva panxa sobre la seva falda a l'sentir la seva duresa créixer i el seu cony refregar a la cuixa.

Ella va tancar els ulls panteixant i gemegant sorollosament.

La calor, el dolor i la sensació d'ell van enviar espasmes a través del seu cos.

Just quan estava a punt de córrer, ell va deixar de posar la seva mà pesadament a la part baixa de la seva esquena sostenint en el seu lloc perquè no pogués moure.

"I la teva pregunta és ..."

No podia pensar amb claredat, la seva necessitat de córrer era tan urgent que el seu cos tremolava i va gemegar.

"Què és el que vols en aquest moment i necessites demanar a una petita guineu?"

Va sentir que l'intens rubor de vergonya la cobria mentre expressava la seva necessitat:

"Si us plau, Amo, necessito escórrer, deixa escórrer".

Era la primera vegada que la feia preguntar i va ser com un obstacle final que ella havia saltat sense esforç.

Va aixecar la mà donant-li moviment i va començar a assotar les fermes galtes rodones de nou, la seva mà rebotant en la superfície vermella quan ella es va estavellar contra la seva cuixa i la seva polla.

La desitjava tant que dubtava que pogués esperar la setmana per prendre-la, però necessitava esperar per assegurar-se que es quedaria.

Ella es va posar rígida i va deixar escapar un xiscle llarg i panteixant mentre movia el cap nedant amb dolor i plaer.

El seu cony bategava el semen que tant havia necessitat, que semblava disparar corrents de plaer a través del seu cos com trets mentre continuava corrent-se per un llarg temps.

Finalment va caure flàccida sobre la seva falda.

Ell la va aixecar i la va bressolar en els seus braços.

Mentre ella recuperava el seu petit cos tremolant arraulint en els seus braços.

Ell va somriure.

"Sembla que assotar no és un gran càstig per a tu, la meva petita guineu de dolor. Ara acabes de fer una pregunta, així que suposo que és el meu torn de nou".

Ella va saltar i va panteixar a l'adonar-se que el joc no havia acabat i va sacsejar el cap per aclarir els seus pensaments.

Ell ahuecó la seva barbeta i va inclinar el seu cap cap amunt per mirar-la als ulls.

"Quant dura una setmana, Susy?"

La pregunta la va sorprendre, es va mossegar el llavi pensant que havia d'haver una resposta alternativa a la òbvia, però no podia pensar en una, per la que va comunicar:

"Set dies".

Ell va somriure mentre observava l'alba de la comprensió a la cara.

"Ho has fet bé durant la primera meitat de la teva setmana, la meva petita esclava". Va dir assegurant-se que ella sabés captar el seu significat complet.

"Set dies."

Ella va repetir en un murmuri.

La seva ment va divagar cap als plans que havia fet per estar a la casa dels seus pares aquest cap de setmana per ajudar amb una festa d'aniversari i va començar a mossegar-se el llavi amb preocupació.

La va observar acuradament abans de preguntar:

"El teu darrera pregunta, Susy?"

Ella el va mirar amb ulls preocupats xiuxiuejant:

"Vaig pensar ... vull dir, vaig assumir ... umm ..."

El va mirar a la cara sense llegir res en els seus ulls per ajudar-la a dir-li que havia assumit que la seva setmana seria una setmana laboral, només cinc dies, així que es va animar a preguntar:

"¿Els esclaus tenen caps de setmana lliures?"

FINAL DE LA PRIMERA PART

90